DÖRLEMANN

Théophile Gautier

Jettatura

Novelle

Aus dem Französischen übersetzt
und mit Anmerkungen
sowie einem Nachwort versehen
von Holger Fock

DÖRLEMANN

Die Originalausgabe »Jettatura« erschien erstmals vom 15. Juni bis 23. Juli 1853 in fünfzehn Fortsetzungen in *Le Moniteur universel* unter dem Titel »Paul d'Aspremont«. In Buchform erschien sie erstmals 1857 unter ihrem definitiven Titel »Jettatura« bei Michel Levy. Die vorliegende Übersetzung folgt der Ausgabe der Bibliothèque de la Pléiade: Théophile Gautier. *Romans, contes, nouvelles.* Band II. Éditions Gallimard, Paris 2002, S. 399–482.

Neuübersetzung

Umschlaggestaltung: Mike Bierwolf
Umschlagbild: Ausschnitt aus Henry Bacon,
A Scottish Lady on a Boat
Satz: Dörlemann Satz, Lemförde
Druck: GGP Media GmbH, Pößneck
ISBN 3-908777-21-6

www.doerlemann.com

Théophile Gautier, um 1856
fotografiert von Nadar

Kapitel 1

Das prächtige toskanische Dampfschiff *Léopold*, das zwischen Marseille und Neapel verkehrt, bog gerade um die Spitze von Procida. Alle Passagiere waren an Deck und von der Seekrankheit genesen durch den Blick aufs Festland, der heilsamer ist als Malteserpastillen und jedes andere Mittel, das in solchen Fällen Anwendung findet.

Auf dem Oberdeck, in dem Abschnitt, der für die erste Klasse reserviert war, standen Engländer, die versuchten, sich möglichst voneinander abzugrenzen und eine unüberwindbare Linie um sich zu ziehen; ihre blasierten Gesichter waren sorgfältig rasiert, ihre Krawatten einwandfrei gebunden, ihre gesteiften weißen Hemdkragen glichen Ecken aus Bristolkarton, ihre Hände steckten in neuen Handschuhen aus Dänischleder, und auf den neuen Schuhen glänzte Lord Elliots Schuhfirnis. Sie sahen aus, als wären sie einem Fach ihres Necessaires entsprungen. Ihre tadellose Kleidung zeigte keinen der Makel, die sich auf einer Reise für gewöhnlich einstellen. Unter ihnen waren Lords, Abgeordnete des Unterhauses, Kaufleute aus der City of London, Schneider aus der Regent's Street, Messerfabrikanten aus Sheffield, alle sehr schicklich, ernst, reglos und gelangweilt. Auch Frauen fehlten nicht, denn Engländerinnen sind nicht so häuslich wie die Damen anderer Länder, sie finden immer irgendeinen Vorwand, um ihre Insel zu verlassen. Neben Ladies und Mistresses, verblühenden Schönheiten, deren Haut von Couperose gezeichnet war, strahlten unter hauchdünnen blauen Schleiern junge Misses mit dem Teint von Sahne und Erdbeeren, blond schimmernden Korkenzieherlocken und großen, weißen Zähnen; sie erinnerten an den Frauentyp, für den *keepsakes* eine Vorliebe hatten, und nahmen die Stiche von der anderen Kanalseite gegen den häufig erhobenen Vorwurf der Lüge in Schutz. Diese reizenden Geschöpfe modulierten jede für sich mit dem entzückendsten britischen Akzent die feierliche Floskel: *»Vedi Napoli e poi mori« (Neapel sehen und dann sterben)*, warfen einen Blick in ihren Reiseführer oder schrieben ihre Eindrücke in ein Tagebuch, ohne im geringsten das donjuaneske Augenzwinkern einiger Pariser Gecken zu beachten, die um sie schlichen, während die gereizten Mütter mit leiser Stimme gegen diese französische Ungebührlichkeit wetterten.

An der Grenze zum abgeteilten Bereich der Aristokratie schlenderten drei oder vier Zigarre rauchende junge Männer auf und ab, die an ihren

Stroh- oder Filzhüten, an ihren kurzen, mit Hornknöpfen besetzten Paletots und an ihren weiten Drillichhosen unschwer als Künstler zu erkennen waren, ein Befund, den im übrigen ihre Van Dyckschen Schnurrbärte, ihre Rubens-Lokken oder ihre an die Figuren Paolo Veroneses erinnernden Bürstenschnitte bestätigten. Mit einem ganz anderen Ziel als die Dandys versuchten sie, von den Schönheiten, die sie aus Mangel an Reichtümern nicht aus nächster Nähe betrachten konnten, einige Ansichten im Profil zu erhaschen, und diese Beschäftigung lenkte sie ein wenig von dem herrlichen Panorama ab, das sich vor ihren Augen entfaltete.

Im Bug des Schiffes lehnten die Armen aus der dritten Klasse in Scharen an der Reling oder hockten auf zusammengerolltem Tauwerk, verzehrten die Vorräte, die sie wegen der Übelkeit bisher nicht angetastet hatten, und würdigten das herrlichste Schauspiel der Welt keines Blikkes, denn das Naturgefühl ist das Privileg der Gebildeten, die nicht vollständig von den materiellen Zwängen des Lebens in Anspruch genommen sind.

Das Wetter war schön; die blauen Wellen rollten so sanft an ihnen vorüber, daß sie kaum noch die Kraft hatten, das Kielwasser des Schiffs zu glätten; der Rauch aus dem Schornstein, der die einzigen Wolken an diesem strahlenden

Himmel bildete, löste sich langsam in leichten Watteflocken auf, und die Radschaufeln wirbelten eine Gischt auf, die wie ein Diamant funkelte und in der Sonne in allen Regenbogenfarben glitzerte, während sie das Wasser mit solch fröhlichem Eifer umwälzten, als wüßten sie um die Nähe des Hafens.

Die lange Hügelkette, die von Posillipo bis zum Vesuv den wunderbaren Golf umschließt, in dem sich Neapel wie eine Meernymphe räkelt, die nach dem Bad zum Trocknen ans Ufer gekommen ist, zeigte allmählich ihre violetten Wogen und zeichnete sich schärfer gegen das strahlende Azur des Himmels ab; einige weiße Punkte, die vom dunkleren Hintergrund des Festlands abstachen, verrieten bereits die ersten verstreut liegenden Landhäuser. Die Segel der in den Hafen heimkehrenden Fischerboote glitten über das einheitliche Blau wie Schwanenfedern, die von einer Brise fortgetragen werden, und zeugten in der erhabenen Einsamkeit des Meeres von menschlichem Treiben.

Nach einigen Umdrehungen des Schaufelrads traten auf dem Gipfel des Berges, an den sich Neapel schmiegt, über den Kirchenkuppeln, Hotelterrassen, Hausdächern, Palastfassaden und grünen Gärten, die im hellen Dunst allmählich Gestalt annahmen, die Umrisse von Castell Sant'Elmo und des Klosters San Martino deutlich hervor. – Bald schien das Castell dell'Ovo, das auf seiner von der Gischt ausgewaschenen Felsenklippe kauerte, sich dem Dampfer zu nähern, und die Mole mit dem Leuchtturm streckte sich ihm entgegen wie ein Arm mit einer Fackel in der Hand.

Nun tauschte der näher rückende Vesuv am Ende der Bucht seine bläuliche Färbung, die er in der Entfernung gehabt hatte, gegen kräftigere, festere Töne ein; seine Hänge waren von kleinen Einschnitten und erkalteten Lavaströmen durchfurcht, und aus seinem stumpfen Kegel stiegen wie aus den Löchern eines Räuchergefäßes deutlich sichtbar kleine weiße Rauchschwaden auf, die ein Windhauch verwehte.

Die Straße von Chiatamone, der Pizzo Falcone, der ganz von Hotels gesäumte Kai von Santa Lucia, der Palazzo Reale mit seinen Balkonreihen, die Türme des Palazzo Nuovo mit ihren maurischen Zinnen, das Arsenal und die Schiffe aller Herren Länder, deren Masten und Spieren kreuz und quer standen wie die Bäume eines Waldes, der sein Laub abgeworfen hat, waren bereits deutlich erkennbar, als ein Passagier aus seiner Kabine trat, der sich während der ganzen Überfahrt nicht hatte blicken lassen, sei es, weil ihn die Seekrankheit in seiner Koje festgehalten hatte, weil er sich aus Menschenscheu nicht zu den anderen Passagieren gesellen wollte oder weil ihm dieser für die meisten Passagiere neue Anblick sattsam bekannt war und keinen Reiz mehr für ihn bot.

Es war ein junger Mann von sechsundzwanzig bis achtundzwanzig Jahren, zumindest hätte man ihn auf den ersten Blick dafür gehalten, aber bei eingehender Betrachtung schätzte man ihn entweder jünger oder älter, so sehr mischten sich in seinen unergründlichen Gesichtszügen jugendliche Frische und Abgespanntheit. Sein dunkelblondes Haar spielte in den Farbton hinüber, den die Engländer *auburn* nennen, in der Sonne bekam es einen kupferroten Schimmer, während es im Schatten beinahe schwarz wirkte; sein ausgeprägtes Profil war scharf geschnitten, die Wölbung seiner Stirn hätte einen Phrenologen begeistert, die Nase besaß eine leichte, vornehme Krümmung, die Lippen waren fein gezeichnet und die mächtige Rundung des Kinns erinnerte an antike Münzen. Dennoch fügten sich all diese im einzelnen schönen Züge zu keinem gefälligen Ganzen. Es fehlte an jener geheimnisvollen Harmonie, die den Konturen etwas von ihrer Schärfe nimmt und sie ineinander übergehen läßt. Einer Legende nach soll ein italienischer Maler, der den rebellierenden Erzengel darstellen wollte, diesem Züge von so ungleichartiger Schönheit ins Gesicht gemalt haben, daß es größeren Schrecken hervorrief als durch Hörner, gekrümmte Augenbrauen und einen verzerrten Mund. Von ähnlicher Wirkung war das Gesicht des Fremden. Vor allem seine Augen waren außergewöhnlich: Die schwarzen Wimpern, die sie einfaßten, paßten nicht zur fahlgrauen Farbe der Pupillen und zum bisterbraunen Ton des Haars. Der recht schmale Nasenrücken ließ sie näher beieinanderliegen, als es das Gesetz der Proportion erlaubt, und in ihrem Ausdruck waren sie wahrhaft undurchschaubar. Schweiften sie umher, spiegelte sich in dem feuchten Schleier eine unbestimmte Melancholie, eine sehnsuchtsvolle Neigung wider; und blieben sie an einer Person oder an einem Gegenstand hängen, zogen sich die Brauen zusammen, näherten sich einander und schnitten eine senkrechte Falte in die Stirn: Die grauen Pupillen färbten sich grün, wurden von schwarzen Flecken getigert, von feinen gelben Fasern durchzogen. Ein scharfer, beinahe kränkender Blick schoß aus ihnen hervor, dann kehrten sie zu ihrer ursprünglichen Sanftmut zurück, und die Gestalt mit dem mephistophelischen Einschlag wurde wieder zu einem jungen Mann von Welt – einem Mitglied des Jockey-Clubs etwa –, der die Saison in Neapel verbringen würde und froh war, bald den Fuß auf ein Pflaster aus Lavagestein zu setzen, das weniger schwankte als das Deck des Dampfers *Léopold*.

Er war elegant gekleidet, ohne daß irgendein Detail ins Auge gefallen wäre: Seine Kleidung bestand aus einem dunkelblauen Gehrock, einer gepunkteten schwarzen Krawatte, die weder besonders auffällig noch besonders nachlässig geknotet war, einer Weste im selben Muster und einer hellgrauen Hose, die über feine Schaftstiefel fiel. Die Kette seiner Taschenuhr war ganz aus reinem Gold, und sein Kneifer hing an einem glatten Seidenband; in der vornehm behandschuhten Hand hielt er einen kleinen Spazierstock aus gewundenem Wurzelholz, der am Ende mit einem silbernen Wappenschild beschlagen war.

Er ging ein paar Schritte über Deck und ließ seinen Blick zum nahenden Ufer schweifen, wo Kutschen unterwegs waren, wo es von Menschen wimmelte und Müßiggänger in kleinen Gruppen herumstanden, für die die Ankunft einer Postkutsche oder eines Dampfschiffs ein stets interessantes, stets neues Schauspiel bot, auch wenn sie es schon tausendmal gesehen hatten.

Vom Kai stieß ein Geschwader kleinerer Boote und Schaluppen ab mit einer Besatzung von Laufburschen, Dienstboten, *Facchini* und allerlei anderer Gauner, die üblicherweise alle Fremden als Beute betrachteten und sich nun anschickten, die *Léopold* zu entern; auf jedem Kahn legte man sich in die Riemen, um als erster anzukommen, und die Besatzungen fluchten und zeterten, wie es Brauch war, so daß alle gehörig erschraken, die mit den Sitten der niederen Schichten Neapels nicht vertraut waren.

Um die Einzelheiten des Panoramas besser zu erfassen, das sich seinem Blick darbot, hatte der junge Mann mit dem auburnfarbenen Haar seinen Kneifer auf die Nase gesetzt, doch seine Aufmerksamkeit wurde durch das Kreischkonzert, das sich aus der kleinen Flotte erhob, vom erhabenen Anblick der Bucht abgelenkt und auf die Boote gerichtet; zweifellos störte ihn der Lärm, denn seine Augenbrauen zogen sich zusammen, seine Stirnfalte wurde tiefer, und das Grau seiner Pupillen schlug ins Gelbliche um.

Plötzlich rollte vom offenen Meer von einer Schaumkrone gesäumt eine Welle heran, schob sich unter das Dampfschiff, hob es an und ließ es schwer zurückfallen, zerstäubte an der Kaimauer in Millionen Pailletten, durchnäßte die von der plötzlichen Dusche überraschten Spaziergänger und ließ durch die Gewalt der Brandung die Boote so heftig aneinanderstoßen, daß drei oder vier Facchini ins Wasser fielen. Es war kein schlimmer Unfall, denn die Burschen konnten alle schwimmen wie Fische oder Meeresgötter, und als sie einige Sekunden später wieder auftauchten, klebte das Haar an ihren Schläfen, sie prusteten Salzwasser aus Mund und Nase und wunderten sich bestimmt über diesen Kopfsprung, der an den des Telemach, Odysseus'

Sohn, erinnerte, als Minerva in Gestalt des Weisen Mentor ihn vom Felsen ins Meer hinabstieß, um ihn den Armen der Eucharis zu entreißen.

Hinter dem sonderbaren Reisenden hielt sich ein kleiner *Groom* neben einem Berg von Koffern in respektvollem Abstand bereit, eine Art Greis von fünfzehn Jahren, ein livrierter Gnom, der jenen Zwergen ähnelte, welche die Chinesen mit großer Geduld in Porzellanvasen aufziehen, um ihr Wachstum zu bremsen; sein flaches Gesicht, aus dem die Nase kaum hervortrat, schien bereits in der Kindheit zusammengedrückt worden zu sein, und in seinen Glupschaugen lag jene Sanftmut, die manche Naturforscher im Blick von Kröten festgestellt haben. Kein Buckel rundete seine Schultern oder wölbte seine Brust, und obwohl er den Eindruck eines Buckligen erweckte, suchte man vergeblich nach seinem Höcker. Kurz, er war ein vorzeigbarer Groom, der sich ohne weiteres bei den Rennen in Ascot oder Chantilly hätte zeigen können; so häßlich, wie er aussah, hätte ihn jeder *Gentleman rider* genommen. Er gefiel nicht, aber an seiner Art gab es, wie bei seinem Herrn, nichts auszusetzen.

Man ging an Land. Nach einigen mehr als homerischen Flüchen teilten sich die Träger die Fremden und das Gepäck und schlugen den Weg zu den verschiedenen Hotels ein, mit denen Neapel reichlich gesegnet ist.

Der Reisende mit dem Kneifer und sein Groom begaben sich ins Hotel di Roma, gefolgt von einer Phalanx stämmiger Facchini, die in der einfältigen Hoffnung auf ein höheres Trinkgeld so taten, als schwitzten und keuchten sie unter der Last einer Hutschachtel oder einer leichten Kiste, während vier oder fünf ihrer Kameraden, mit Muskeln bepackt, die vor Kraft strotzten wie die des Herkules, den man im Studj-Museum bewundern kann, einen Handkarren schoben, der zwei Koffer von bescheidener Größe und mäßigem Gewicht durchrüttelte.

Als man im Hotel angekommen war, und der *Padrone di casa* dem Neuankömmling die Räumlichkeiten bezeichnet hatte, die er beziehen sollte, begannen die Träger, obwohl sie bereits ungefähr das Dreifache des üblichen Preises erhalten hatten, wild zu gestikulieren und hoben zu Reden an, bei denen sich flehentliches Betteln und Drohungen in einem äußerst komischen Verhältnis mischten; alle redeten durcheinander, und das mit einer ungeheuren Zungenfertigkeit, sie forderten eine höhere Entlohnung und schworen Stein und Bein, daß sie für ihre Mühe nicht ausreichend belohnt worden seien. – Paddy, der es allein mit ihnen aufnehmen mußte, da sein Herr bereits die Treppe erklommen hatte, ohne sich um den Tumult zu kümmern, glich einem Affen, den eine Meute Doggen umringte: Um diesen tosenden Sturm zu beschwichtigen, versuchte er es mit einer kleinen Rede in seiner Muttersprache, also auf englisch. Der Predigt war kein Erfolg vergönnt. Darauf ballte er die Fäuste, hielt die Arme vor seine Brust, und unter dem schallenden Gelächter der Facchini pflanzte er sich auf wie ein echter Boxer; dann streckte er den Riesen der Bande mit einer rechten Geraden in die Magengrube nieder, einem Schlag, der eines Adams oder Tom Cribbs würdig gewesen wäre, und schickte ihn auf das Lavapflaster.

Diese Großtat schlug die Schar in die Flucht; benommen von seinem Sturz, erhob sich der Riese schwerfällig und wagte nicht, es Paddy heimzuzahlen, sondern trollte sich, wobei er sich unter starken Verrenkungen über die bläulich angelaufene Stelle rieb, die auf seiner Haut zu schillern begann, denn er war überzeugt, ein Dämon müsse im Jackett des Makaken gesteckt haben, der eher für eine Zirkusnummer auf dem Rücken eines Hundes geschaffen schien und von dem er gedacht hätte, er könne ihn mit einem Hauch umpusten.

Der Fremde ließ den Padrone di casa rufen und fragte ihn, ob nicht ein Brief für Monsieur Paul d'Aspremont im Hotel di Roma hinterlegt worden sei; und tatsächlich wartete ein Brief mit dieser Aufschrift seit einer Woche im Postfach, antwortete der Hotelier und ging ihn schnell holen.

Der Brief, der in einem dicken Umschlag aus tiefblauem und fein geripptem *cream-lead* Papier steckte, versiegelt mit einem Siegel aus glimmerigem Wachs, zeigte jene Schrift, die zu kantigen Grundstrichen und kurrenten Aufstrichen neigte und auf eine hohe aristokratische Erziehung verwies, ein Schriftbild, das vor allem, und vielleicht ein wenig zu einheitlich, junge Engländerinnen aus guter Familie besaßen.

Hier der Inhalt des Briefes, den Monsieur d'Aspremont mit einer Hast öffnete, die ihren Grund wohl nicht nur in reiner Neugier hatte:

Lieber Monsieur Paul,

wir sind vor zwei Monaten in Neapel angekommen. Während der Reise, die wir in kleinen Etappen zurücklegten, hat sich mein Onkel bitterlich beklagt über die Hitze, die Stechmücken, den Wein, die Butter, die Betten; er fluchte, man müsse schlechterdings verrückt sein, um ein behagliches Cottage einige Meilen vor London aufzugeben und über staubige Landstraßen zu fahren, an denen abscheuliche Herbergen liegen, in denen man keinen rechtschaffenen englischen Hund übernachten lassen möchte; bei allem Murren blieb er doch an meiner Seite, und ich hätte ihn ans Ende der Welt schaffen können; es geht ihm nicht schlechter, und mir geht es besser. – Wir wohnen direkt am Meer in einem weiß gekalkten Haus, das in einer Art Urwald aus Orangen- und Zitronenbäumen, Myrten, Oleander und anderen exotischen Sträuchern verborgen liegt. – Von der Terrasse haben wir eine wunderbare Aussicht, und abends werden Sie dort immer eine Tasse Tee oder eine Eislimonade serviert bekommen. Meinen Onkel, den Sie, ich weiß nicht wie, ganz für sich eingenommen haben, wäre entzückt über Ihren Besuch. Muß ich noch hinzufügen, daß auch Ihre ergebene Dienerin über Ihr Kommen ganz und gar nicht böse wäre, obwohl Sie ihr beim Abschied auf der Mole von Folkestone mit Ihrem Ring in den Finger geschnitten haben?

Alicia W.

Kapitel 2

Nachdem sich Paul d'Aspremont das Abendessen auf sein Zimmer hatte bringen lassen, rief er eine Kalesche herbei. Vor den großen Hotels warten immer welche nur darauf, daß einem Reisenden der Sinn nach einer Ausfahrt steht; Pauls Wunsch wurde daher auf der Stelle erfüllt. Die neapolitanischen Kutschpferde sind so mager, daß uns Rosinante vor Leibesfülle strotzend vorkommt, und mit ihren abgezehrten Schädeln, ihren wie Faßreifen vorstehenden Rippen, ihrem knochigen, immer wund gescheuerten Rücken scheinen sie das erlösende Schindermesser herbeizusehnen, denn die Tiere zu füttern wird hier mit südländischer Unbekümmertheit als überflüssige Sorge angesehen; das Geschirr, meist brüchig, ist mit zusätzlichen Riemen verstärkt, und wenn der Kutscher die Zügel in die Hand genommen hat und zum Zeichen der Abfahrt mit der Zunge schnalzt, meint man, die Pferde würden nun zusammenbrechen und der Wagen sich in Rauch auflösen wie Aschenputtels Kutsche, sollte sie den Anweisungen der Fee zum Trotz erst nach Mitternacht vom Ball zurückkehren. Doch nichts dergleichen passiert; die Rosse stemmen sich gegen den Boden, und nach einigem Schwanken fallen sie in einen Galopp, den sie nicht mehr aufgeben. Der Kutscher treibt sie mit Feuereifer an, und mit seiner Peitschenschnur vermag er den letzten Funken Leben aus diesen Gerippen herauszukitzeln. Die scharren mit den Vorderhufen, reißen den Kopf hoch, zeigen ungestümes Temperament, sperren die Augen weit auf, blähen die Nüstern und schlagen eine Gangart ein, die von den schnellsten englischen Trabern nicht erreicht wird. Wie geht dies vonstatten, welche Kräfte lassen diese toten Tiere in gestrecktem Galopp dahinjagen? Wir werden keine Erklärung dafür finden. Jedenfalls ereignet sich dieses Wunder Tag für Tag in Neapel, und niemand ist davon überrascht.

Monsieur Paul d'Aspremonts Kalesche flog durch die dichte Menschenmenge, raste an Acquajoli-Buden vorbei, die mit Zitronengirlanden behangen waren, an Garküchen unter freiem Himmel, die Backfisch oder Maccheroni anboten, an Auslagen mit Meeresfrüchten und Bergen von Wassermelonen, die auf der Straße aufgetürmt waren wie Kanonenkugeln im Munitionspark. Erst im letzten Moment geruhten die *Lazzaroni*, die in ihre Kapuzenmäntel gehüllt an den Mauern lümmelten, ihre Beine zurückzuziehen, damit sie nicht von den Gespannen überfahren wurden; durch die verstopften Straßen, auf denen sich ein Völkchen von Mönchen, Ammen, Facchini und Lausebengeln tummelte, kam von Zeit zu Zeit zwischen zwei hohen scharlachroten Rädern ein *Corricolo* an der Kalesche vorbei und streifte in einer Wolke aus Staub und Lärm ihre Achse. Corricoli sind jetzt untersagt, und es ist verboten, neue zu bauen; aber alte Räder werden mit einem neuen Kutschkasten versehen oder ein alter Kasten mit neuen Rädern: ein findiger Einfall, der diesen bizarren Fahrzeugen zur großen Zufriedenheit aller, die das Lokalkolorit lieben, noch ein langes Leben beschert.

Unser Reisender schenkte diesem lebendigen und pittoresken Treiben kaum einen Blick, das einen Touristen zweifellos gefesselt hätte, vorausgesetzt er hätte im Hotel di Roma keine mit *Alicia W.* gezeichnete Nachricht vorgefunden.

Zerstreut betrachtete er das klare, blaue Meer, auf dem sich bei strahlendem Licht, durch die Entfernung amethyst- und saphirfarben getönt, die schönen, vor dem Golf aufgefächerten Inseln abzeichneten, Capri, Ischia, Nisida, Procida, deren wohllautende Namen wie griechische Daktylen klingen, aber im Geist war er woanders; seine Gedanken eilten pfeilgeschwind voraus nach Sorrent zu dem kleinen weißen Haus mitten im Grünen, von dem Alicia in ihrem Brief gesprochen hatte. Dabei lag auf

Monsieur d'Aspremonts Gesicht nicht jener auf unerklärliche Weise befremdliche Ausdruck, der charakteristisch für ihn war, wenn seine vollkommenen, aber ungleichen Züge nicht durch eine innere Freude in Einklang miteinander gebracht wurden: Es war jetzt tatsächlich schön und *simpatico,* um uns eines Ausdrucks zu bedienen, den die Italiener gerne gebrauchen. Der Augenbrauenbogen war entspannt, die Mundwinkel hingen nicht verächtlich herab, und in seinem ruhigen Blick lag ein zärtlicher Schimmer –; wenn man ihn so sah, konnte man sehr gut die Gefühle für ihn verstehen, die jene auf cream-lead Papier geschriebenen, halb zärtlichen, halb spöttischen Sätze anzudeuten schienen. Mit seinem eigenwilligen Wesen, das auf einem sehr vornehmen Charakter beruhte, konnte er einer jungen Miss gar nicht mißfallen, die von einem sehr nachsichtigen alten Onkel nach englischer Art freisinnig erzogen worden war.

Bei dem Tempo, zu dem der Kutscher die Tiere antrieb, lagen Chiaja und La Marinella bald hinter ihnen, und die Kalesche rollte auf jener Straße über Land, die heute eine Eisenbahntrasse ist. Ein schwarzer Staub wie von zerriebener Kohle verleiht dem ganzen Strand, an dem unter gleißendem Himmel ein Meer von zauberhaftem Azur züngelt, ein plutonisches Aussehen; vom Wind zerstäubt überzieht der Ruß des Vesuvs das Ufer und läßt die Häuser von Portici und Torre del Greco aussehen wie die Fabriken von Birmingham. Monsieur d'Aspremont kümmerte sich nicht um den Kontrast zwischen der ebenholzschwarzen Erde und dem saphirblauen Himmel, er fieberte der Ankunft entgegen. Die schönsten Wege sind lang, wenn am Ende eine Miss Alicia wartet, der man sechs Monate zuvor an der Mole von Folkesstone auf Wiedersehen gesagt hat; selbst der Himmel und das Meer von Neapel verlieren darüber ihren Zauber.

Die Kalesche bog von der Straße ab, nahm eine Abkürzung und hielt vor einem Tor, das von zwei Pfeilern aus weiß getünchten Backsteinen gebildet wurde, auf denen rote Tonurnen standen; darin grünten Aloen, deren Blätter wie stählerne Klingen aussahen und spitz wie Dolche waren. Das Tor war mit einem grün gestrichenen Lattenzaun geschlossen. Statt einer Mauer umschloß das Grundstück eine Hecke von Kakteen, deren Sprosse kreuz und quer wuchsen, so daß die stachligen Opuntien unentwirrbar ineinander verflochten waren.

Mit urwüchsig afrikanischer Kraft breiteten drei oder vier riesige Feigenbäume ihre großen, metallisch grünen Blätter in dichten Büscheln über der Hecke aus; eine hohe Pinie wiegte ihren Schirm, und durch die kleinen Lücken in dem üppigen Blattwerk war die glänzend weiße Steinplattenfassade des Hauses hinter diesem buschigen Vorhang kaum auszumachen.

Eine Dienerin mit sonnenverbrannter Haut und so dichtem Kraushaar, daß jeder Kamm darin zerbrochen wäre, kam beim Lärm des Wagens herbeigelaufen, öffnete das Torgitter und führte Monsieur d'Aspremont über eine Oleanderallee, deren Blütenzweige ihm die Wangen streichelten, zu der Terrasse, auf der Miss Alicia Ward mit ihrem Onkel beim Tee saß.

Aus einer Laune, die man einem jungen Mädchen gerne nachsieht, das sich über alle Bequemlichkeiten und jede luxuriöse Eleganz erhaben zeigt, und vielleicht auch, um ihren Onkel ein wenig zu ärgern, über dessen bürgerliche Vorlieben sie sich gerne lustig machte, hatte Miss Alicia diese Villa, deren Besitzer auf Reisen waren und die mehrere Jahre nicht bewohnt worden war, ausgewählt und gepflegteren Häusern vorgezogen. In ihrem verwilderten und fast zum Naturzustand zurückgekehrten Garten fand sie eine urtümliche Poesie, die ihr gefiel; unter dem begünstigenden Klima Neapels war alles mit ungeheurer Kraft gesprossen. Orangenbäume, Myrten, Granatapfel- und Zitronenbäume hatten dieses Klima voll und ganz ausgekostet, und da die Äste nicht mehr befürchten mußten, von der Schere beschnitten zu werden, reichten sie sich die Hand von einem Ende des Weges zum anderen oder drangen durch einige zerbrochene Fensterscheiben in die Zimmer ein, als gehörten sie zur Familie. – Hier herrschte nicht die Tristesse eines unbewohnten Hauses wie im Norden, sondern die unbändige Fröhlichkeit und überschäumende Freude der sich selbst überlassenen Natur des Südens. In Abwesenheit eines Hausherrn erging sich die üppige Pflanzenwelt mit großem Vergnügen in einer verschwenderischen Fülle von Blättern, Blüten, Früchten und Düften; sie nahm wieder den Platz ein, den der Mensch ihr streitig macht.

Als der Commodore – wie Alicia ihren Onkel für gewöhnlich nannte – dieses undurchdringliche Dickicht sah, durch das man sich wie in den Wäldern Amerikas allenfalls mit einer Holzfälleraxt einen Weg bahnen konnte, brach er in lautes Geschrei aus und behauptete, seine Nichte sei nun endgültig verrückt geworden. Miss Alicia versprach ihm ernsthaft, vom Eingangstor bis in den Salon und vom Salon auf die Terrasse einen hinreichend breiten Durchgang für ein Faß Malvasier anzulegen – das einzige Zugeständnis an den Positivismus ihres Onkels, zu dem sie sich bereit erklärte. – Der Commodore fand sich damit ab, denn er konnte seiner Nichte ohnehin nichts abschlagen, und so saß er nun ihr gegenüber auf der Terrasse und trank aus einer großen Tasse in kleinen

Schlucken dem Anschein nach Tee, tatsächlich aber Rum.

Vor allem diese Terrasse hatte es der jungen Miss angetan, und tatsächlich war sie äußerst malerisch und verdient eine besondere Beschreibung, denn Paul d'Aspremont kam in der Folge häufig dorthin zurück, und schließlich soll man die Schauplätze der Handlung ausmalen, von der man erzählt.

Man gelangte auf die Terrasse, unter deren steil abfallenden Seiten ein Hohlweg entlangführte, über eine Treppe aus großen, unverbundenen Steinplatten, zwischen denen wilde Gräser hartnäckig wucherten. Vier verwitterte Säulen, die aus irgendeiner antiken Ruine stammten und deren verlorene Kapitelle durch steinerne Würfel ersetzt worden waren, stützten ein Gitter aus Holzlatten, das ein von Reben umranktes Dach bildete. Von den Geländern fielen Gehänge und Gewinde aus wildem Wein und Mauerglaskraut. Unterhalb des Mauerwerks wuchsen in reizvoller Unordnung der Feigenkaktus, die Aloe und der Erdbeerbaum, und hinter einem Gehölz, das von einer Palme und drei Strandkiefern überragt wurde, erstreckte sich der Blick über eine hügelige Landschaft mit verstreut liegenden weißen Villen und blieb an der blaßvioletten Silhouette des Vesuvs hängen oder verlor sich im unermeßlichen Blau des Meeres.

Als Monsieur Paul d'Aspremont am Ende der Treppe erschien, stand Alicia auf, stieß einen kleinen Freudenschrei aus und eilte ihm entgegen. Paul ergriff ihre Hand wie in England üblich, aber die junge Frau hob diese eingefangene Hand mit einer Bewegung voll kindlicher Anmut und argloser Koketterie an die Lippen ihres Freundes.

Ein wenig gichtig versuchte der Commodore aufzustehen, was ihm schließlich auch gelang, nachdem er einige Male schmerzhaft das Gesicht verzogen hatte, was in einem komischen Gegensatz zu jenem Frohlocken stand, das ihn über beide Backen strahlen ließ. Dann ging er für seine Verhältnisse recht raschen Schrittes zu dem reizenden Paar und quetschte Pauls Hand – höchster Ausdruck alter britischer Herzlichkeit –, als ob er seine Finger ineinanderdrücken wollte.

Miss Alicia Ward war von jenem Schlag dunkelhaariger Engländerinnen, die ein Ideal verkörperten, dessen Voraussetzungen sich zu widersprechen scheinen: Sie besaß eine so helle Haut, daß Milch, Schnee, Lilien, Alabaster, Jungfernwachs und was den Dichtern sonst noch alles zum Vergleich mit einem makellosen Weiß dient, daneben gelb erscheinen, dazu kirschrote Lippen und kohlrabenschwarzes Haar. Die Wirkung dieser Gegensätze ist unwiderstehlich, sie schaffen eine ganz besondere Schönheit, für die man nirgendwo eine Entsprechung findet. – Möglicherweise hatten einige Zirkassierinnen, die seit frühester Kindheit im Serail aufgewachsen waren, einen solch außergewöhnlichen Teint, was diese betrifft, müssen wir uns jedoch auf die orientalischen Dichtungen mit ihren Übertreibungen und die Gouachen von Lewis verlassen, auf denen die Kairoer Harems dargestellt sind. Alicia war gewiß der vollkommenste Typus dieser Art von Schönheit.

Das längliche Oval ihres Kopfes, die unvergleichlich reine Haut, die zierliche, zarte Stupsnase, die dunkelblauen, von langen Wimpern gesäumten Augen, die, wenn sie ihre Lider niederschlug, wie schwarze Schmetterlingsflügel über ihren rosigen Wangen zuckten, die purpurrot leuchtenden Lippen und die an jeder Seite ihrer Wangen und ihres Schwanenhalses herabfallenden Korkenzieherlocken, die glänzten wie Satinbänder, zeugten zugunsten jener romantischen Frauenfiguren von Maclise, die uns auf der Weltausstellung wie bezaubernde Trugbilder vorkamen.

Alicia trug ein Seidenkleid mit festonierten Volants, die mit roten Palmetten bestickt waren und ganz wunderbar zu den geflochtenen Bändern mit den kleinen Korallen paßten, mit denen sie ihr Haar, ihren Hals und ihre Arme schmückte; an den Ohrläppchen ihrer kleinen, fein gewundenen Ohrmuscheln schaukelten fünf Pampillen an einer facettierten Korallenperle. – Wenn Sie diesen verschwenderischen Gebrauch von Korallen für unangemessen halten, bedenken Sie, daß wir uns in Neapel befinden und daß die Fischer dort eigens aus dem Meer auftauchen, um Ihnen dieses Geäst zu zeigen, das sich an der Luft rot färbt.

Nach dem Porträt von Miss Alicia Ward schulden wir Ihnen zumindest eine Karikatur des Commodore im Stil Hogarths, und sei es nur, um ein Gegengewicht zu schaffen.

Als besondere Eigenart zeigte der Commodore, der Mitte Sechzig war, ein einheitlich flammendes, hochrotes Gesicht, von dem die weißen Augenbrauen und in derselben Farbe ein zu Koteletten gestutzter Backenbart abstachen, so daß er aussah wie eine alte, mit Kreide tätowierte Rothaut. Die auf einer Italienreise unvermeidlichen Sonnenbrände hatten diese lodernde Hautfarbe noch mehrmals verstärkt, und so mußte man bei seinem Anblick unwillkürlich an eine große, in Watte gehüllte gebrannte Mandel denken. Der Commodore war von Kopf bis Fuß, Rock, Weste, Hose und Gamaschen, in graue Vikunjawolle gekleidet, die eine schmutzigrote Schattierung aufwies, was, wie der Schneider bei seiner Ehre hatte versichern müssen, der neuesten Mode entsprach und, hierin hatte er vielleicht nicht einmal gelogen, gerne getragen wurde. Ungeachtet des hochroten Gesichts und der grotesken Kleidung machte der Commodore ganz und gar keinen ordinären Eindruck. Seine gewissenhafte Körperpflege, sein untadeliges Benehmen, seine großartigen Umgangsformen verrieten den vollkommenen Gentleman, wenngleich er eine Menge äußerlicher Ähnlichkeiten mit jenen Engländern aus dem Boulevardtheater aufwies, die Hoffmann oder Levassor auf der Bühne parodieren. Seine Wesensart bestand darin, seine Nichte zu vergöttern und viel Portwein und Jamaikarum zu trinken, um nach der Methode Korporal Trimms »die Radikalfeuchtigkeit« zu erhalten.

»Sehen Sie nur, wie gut es mir jetzt geht und wie schön ich bin! Sehen Sie, wieviel Farbe ich bekommen habe, noch nicht soviel wie mein Onkel, aber dazu wird es hoffentlich nie kommen. – Doch hier bin ich ganz rosig geworden, richtig aufgeblüht«, sagte Alicia und fuhr sich dabei mit ihrem langen schlanken Finger, dessen Nagel schimmerte wie ein Achat, über die Wange. »Außerdem habe ich zugenommen, und von diesen jämmerlichen kleinen Salzfäßchen, die mir so viel Kummer bereiteten, wenn ich zum Ball ging, ist nichts mehr zu sehen. Was meinen Sie, muß man kokett sein, um sich drei Monate lang der Gesellschaft seines Verlobten zu entziehen, damit dieser einen anschließend blühender und prächtiger vorfindet?«

Während sie diesen Wortschwall in jenem fröhlichen, rhythmisch auf und ab hüpfenden Tonfall losließ, der ihm vertraut war, pflanzte sich Alicia vor Paul hin, als wollte sie ihn reizen und zu eingehender Prüfung herausfordern.

»Ist sie nicht«, fügte der Commodore hinzu, »von so robuster Gesundheit und strahlender Schönheit wie die Mädchen von Procida, die griechische Amphoren auf ihren Köpfen tragen?«

»Gewiß, Commodore«, antwortete Paul, »Miss Alicia ist zwar nicht schöner geworden, weil das schlechthin unmöglich ist, aber sie ist offenkundig besserer Gesundheit als damals, da sie mir aus Koketterie, wie sie sagt, diese schmerzliche Trennung auferlegt hat.«

Und sein Blick verweilte seltsam starr auf der jungen Frau, die vor ihm stand.

Plötzlich verschwanden die hübschen rosigen Farbtöne, derer sie sich soeben noch gerühmt hatte, von Alicias Wangen wie das Abendrot von den Schneehängen der Berge, wenn die Sonne am Horizont untergeht; am ganzen Leib zitternd griff sie sich ans Herz und verzog ihre bezaubernden, nunmehr erblaßten Lippen.

Erschrocken stand Paul auf, ebenso der Commodore. Die frischen Farben kehrten in Alicias Gesicht zurück, sie lächelte ein wenig gezwungen.

»Ich habe Ihnen eine Tasse Tee oder ein Sorbet versprochen. Wenngleich ich Engländerin bin, empfehle ich Ihnen doch das Sorbet. In einem Land, das neben Afrika liegt und in das der Schirokko ungehindert einfällt, ist Gefrorenes mehr wert als heißes Wasser.«

Alle drei setzten sich an den steinernen Tisch unter dem Laubdach; die Sonne war im Meer versunken, und der blaue Tag, wie man die Nacht in Neapel nennt, löste den gelben Tag ab. Durch die lichten Stellen im Blattwerk streute der Mond Silberstücke über der Terrasse aus; – am Ufer schmatzte das Meer wie beim Kuß, und aus der Ferne hörte man das Zittern der Kupferschellen an den Tamburinen, die zur Tarantella geschlagen wurden …

Es war Zeit, sich zu verabschieden. – Vicè, die dunkelhäutige Dienerin mit dem Kraushaar, kam mit einer großen Laterne, um Paul durch das Gartenlabyrinth zurückzubringen. Beim Servieren der Sorbets und des Eiswassers hatte sie den Neuankömmling mit einer Mischung aus Neugier und Furcht betrachtet. Das Ergebnis dieses prüfenden Blicks gereichte Paul nicht zum Vorteil, denn Vicès Stirn, ohnedies schon braungelb wie eine Zigarre, hatte sich noch mehr verdüstert, und während sie den Ausländer zum Tor geleitete, streckte sie ihm, ohne daß er es bemerken konnte, Zeigefinger und kleinen Finger der einen Hand entgegen, während sie den Daumen wie zu einem kabbalistischen Zeichen über die beiden anderen Finger legte, die sich in den Handteller gruben.

Kapitel 3

Alicias Freund fuhr denselben Weg zurück ins Hotel di Roma, auf dem er gekommen war: Es war ein unvergleichlich schöner Abend. Ein hell leuchtender Mond streute auf das durchscheinende, azurblaue Wasser einen silbernen Paillettenstreifen, dessen fortwährendes Glitzern vom Plätschern der Wellen verstärkt wurde. In der Ferne blinkten die Fischerboote wie rote Sterne über dem Meer; sie hatten eine eiserne Laterne am Bug, die mit brennendem Werg gefüllt war, und ein feuerrotes Kielwasser im Schlepptau; der bei Tage weiße Rauch über dem Vesuv hatte sich in eine Leuchtsäule verwandelt und spiegelte sich ebenfalls im Golf. In diesem Moment bot die Bucht jenen für Augen aus nördlicheren Ländern unglaublichen Anblick, den die schwarz gerahmten italienischen Gouachen ihr verleihen, die vor einigen Jahren sehr in Mode waren und die der Wahrheit näherkommen, als man angesichts ihrer übertrieben grellen Farben glauben mag.

Einige Nachtschwärmer, Lazzaroni, die ohne es zu merken dem Zauber dieses Schauspiels erlegen waren, schlenderten noch das Ufer entlang und starrten mit ihren großen schwarzen

Augen in das weite Blau. Andere saßen auf den Planken eines gestrandeten Boots und sangen mit einer Stimme, um die teuer bezahlte Tenöre sie beneidet hätten, die Arie der *Lucia* oder das volkstümliche Liebeslied *»Ti voglio ben'assai«*, das man damals überall hörte. Wie in allen südlichen Städten geht man in Neapel spät zu Bett, doch allmählich erloschen die Lichter von Fenster zu Fenster, nur die Lotteriestuben mit ihren bunten Papiergirlanden, ihren Glückszahlen und ihrer flimmernden Beleuchtung waren noch geöffnet, um das Geld jener launischen Spieler entgegenzunehmen, denen es auf dem Heimweg noch in den Sinn kommen könnte, ein paar *Carlini* oder Golddukaten auf ihre Traumzahl zu setzen.

Paul legte sich ins Bett, zog die Gazevorhänge des Moskitonetzes zu und schlief sogleich ein. Wie es bei Reisenden nach einer langen Überfahrt vorkommt, schien ihm sein Bett, obwohl es fest auf dem Boden stand, zu stampfen und zu schlingern, als wäre das Hotel di Roma die *Léopold* gewesen. Dieses Gefühl ließ ihn träumen, er befände sich noch auf See und sähe auf der Mole neben ihrem hochroten Onkel eine kreidebleiche Alicia, die ihm mit einem Wink bedeutete, er möge nicht an Land kommen; tiefer Schmerz lag auf dem Gesicht der jungen Frau, das ihn zurückwies und dabei gegen ihren Willen einem unabwendbaren Schicksal zu folgen schien.

Dieser Traum, dem die jüngst geschauten Bilder höchste Realität verliehen, bedrückte den Schlafenden so sehr, daß er aufwachte; er war froh, daß er sich in seinem Zimmer wiederfand, beleuchtet vom matten, milchigen Schein eines Nachtlichts, das in einem kleinen Porzellanturm flackerte und von Mücken umschwirrt wurde. Um nicht wieder in diesen schmerzhaften Traum zu verfallen, kämpfte Paul gegen den Schlaf an und rief sich die Anfänge seiner Verbindung mit Miss Alicia, all die bezaubernden kindischen Szenen einer ersten Liebe, der Reihe nach in Erinnerung.

Er sah das von Geißblatt und Heckenrosen bedeckte Haus aus blaßrotem Ziegelstein wieder vor sich, das Miss Alicia und ihr Onkel in Richmond bewohnten und in das ihn während seiner ersten Englandreise eines jener Empfehlungsschreiben geführt hatte, die für gewöhnlich nicht mehr als eine Einladung zum Abendessen nach sich zogen. Er hatte das schlichte, nur mit einer Schleife verzierte weiße Kleid aus duftendem Mousseline vor Augen, das Alicia, die am Tag zuvor das Mädchenpensionat verlassen hatte, damals trug, und den Jasminzweig, der in ihrer Haarflut schwamm wie eine Blüte aus Ophelias Kranz, die im Strom trieb, ihre samtblauen Augen, ihren leicht geöffneten Mund, der kleine Perlmuttzähne erkennen ließ, ihren schlanken Hals, den sie wie ein scheuer Vogel reckte, und ihr plötzliches Erröten, wenn sich ihr Blick mit dem des jungen französischen Gentlemans traf.

Wie in einer Dunkelkammer nahm das Empfangszimmer vor ihm Gestalt an, die braune Holztäfelung, die grünen Stofftapeten und die Stiche an den Wänden, die mit den kräftigen Tönen englischer Miniaturen koloriert waren und Szenen der Fuchsjagd und des *steeple-chase* zeigten. Das Klavier fletschte seine Tasten wie ältere Damen der feinen Gesellschaft ihre Zähne. Der Kamin war mit einer Girlande irischen Efeus verziert, und seine mit Graphit polierte gußeiserne Verkleidung glänzte; die Eichensessel mit ihren gedrechselten Füßen und den mit Maroquin bezogenen Armlehnen luden zum Sitzen ein, der Teppich breitete seine Rosetten aus, und Miss Alicia zitterte wie Espenlaub, als sie die Arie *»Deh, non voler constringere«* aus *Anna Bolena* auf bewundernswerte Weise falsch sang, und Paul, nicht weniger aufgewühlt, sie dazu im falschen Takt auf dem Klavier begleitete, während der Commodore, noch röter als üblich, nach einem schwer verdaulichen Mahl eingenickt war und sein umfangreiches Exemplar der *Times* samt Supplement auf den Boden sank.

Dann wechselte die Szene: Nachdem er sich mit Paul angefreundet hatte, lud der Commodore ihn ein, einige Tage mit ihnen in seinem Cottage in Lincolnshire zu verbringen ... Über einer Rasenfläche, deren sorgfältig gewässertes und gestutztes Raigras dicht wie Samt war, erhob sich ein altes Feudalschloß mit gotischen Fenstern und zinnenbewehrten Türmen, das von einem riesigen Efeu halb verschlungen wurde, im Innern aber alle modernen Annehmlichkeiten bot; ein gelber Sandweg umrandete den Rasen und diente als Reitbahn für Miss Alicia, die eines jener schottischen Ponys mit zerzauster Mähne ritt, die Sir Edward Landseer so gerne malt und denen er einen fast menschlichen Blick verleiht. Paul begleitete sie bei ihrem Rundritt auf einem rotbraunen Fuchs, den ihm der Commodore zur Verfügung gestellt hatte, denn der Arzt hatte Miss Ward für ein wenig schwach auf der Brust befunden und ihr diese Übungsritte verordnet.

Ein andermal glitt ein leichter Kahn durch die Wasserlilien auf dem Teich und scheuchte die Eisvögel unter dem silbrigen Blattwerk der Weiden auf. Alicia ruderte, während Paul das Steuer hielt; wie schön sie aussah, wenn ein Sonnenstrahl durch ihren Strohhut fiel und dieser einen goldenen Lichtkranz um ihren Kopf zeichnete! Sie warf sich nach hinten und zog die Riemen durch; mit der Lackspitze ihrer grauen Stiefelette stemmte sie sich gegen die Planken der Bank; Miss Ward besaß nicht den kurzen, wie ein Bügeleisen spitz gerundeten Fuß der Andalusierinnen, den man in Spanien bewundert, aber sie hatte schlanke Fesseln, der Spann war schön gewölbt, und die vielleicht ein wenig zu lange Sohle ihrer Schnürstiefel war knapp zweifingerbreit.

Der Commodore war ans Ufer »gekettet«, nicht seiner Größe, sondern seines Gewichts wegen, mit dem das leichte Boot gesunken wäre. Er wartete an der Anlegestelle auf seine Nichte und legte ihr mit mütterlicher Sorge eine Mantille über die Schultern, da er befürchtete, sie könne sich verkühlen – und nachdem man das Boot vertäut hatte, kehrte man zum Lunch ins Schloß zurück. Es war eine Freude zu sehen, wie Alicia, die für gewöhnlich nicht mehr aß als ein Spatz, mit ihren perlweißen Zähnen herzhaft in eine hauchdünne Scheibe rosaroten Yorkshire-Schinken biß und Stück für Stück ein Brötchen verzehrte, ohne einen Krümel für die Goldfische im Brunnen übrigzulassen.

Wie schnell glückliche Tage vergehen! Paul verschob seine Abreise von einer Woche zur nächsten, bis die schönen Laubmassen des Parks sich allmählich safrangelb färbten und morgens weiße Dunstschleier über dem Teich lagen. Obwohl der Gärtner ständig mit dem Rechen unterwegs war, häufte sich das welke Laub auf dem Sandweg; der Rasen glitzerte von winzigen Eisperlen, die millionenfach an den Grashalmen hingen, und abends sah man die zänkischen Elstern in den Wipfeln der kahlen Bäume umherhüpfen.

Besorgt sah Paul, wie Alicia immer blasser wurde, bis nur noch zwei kleine rosige Stellen über den Wangenknochen zurückblieben. Sie fror oft, und selbst beim stärksten Steinkohlefeuer wurde ihr nicht wärmer. Der Arzt zeigte sich besorgt, und schließlich verordnete er Miss Ward, den Winter in Pisa und das Frühjahr in Neapel zu verbringen.

Familienangelegenheiten riefen Paul nach Frankreich zurück; Alicia und der Commodore mußten nach Italien aufbrechen, und so trennte man sich in Folkestone. Es war zwar kein Wort darüber verloren worden, doch Miss Ward betrachtete Paul als ihren Verlobten, und der Commodore schüttelte dem jungen Mann bedeutungsvoll die Hand: So quetscht man nur einem Schwiegersohn die Finger.

Nach sechs Monaten ungeduldigen Wartens, die ihm wie sechs Jahrhunderte vorkamen, war Paul überglücklich, Alicia von ihrer Mattigkeit genesen und vor Gesundheit strotzend vorzufinden. Die letzten kindlichen Züge der jungen Frau waren verschwunden; trunken vor Freude dachte er, daß der Commodore nun keine Einwände mehr erheben könnte, wenn er ihn um die Hand seiner Nichte bitten würde.

Von diesen heiteren Aussichten gewiegt, schlief er ein und wachte erst am hellichten Tag wieder auf. In Neapel lärmte es bereits; Eiswasserverkäufer priesen ihre Ware an, die Garköche streckten den Passanten ihr Fleisch an einem Spieß entgegen, bequeme Hausfrauen beugten sich über das Fensterbrett, ließen Einkaufskörbe an einer Schnur hinab und zogen sie mit Tomaten, Fisch und großen Kürbisstücken beladen wieder hinauf. Schreiber in abgewetzten schwarzen Anzügen steckten sich die Feder hinters Ohr und setzten sich in ihre Schreibbuden, Wechsler stapelten *Grani*, Carlini und Dukaten vor sich auf kleinen Tischen, die Kutscher jagten ihre Klepper im Galopp durch die Straßen in der Hoffnung, einige frühe Fahrgäste einzusammeln, und die Glocken sämtlicher Campaniles läuteten fröhlich das *Angelus*.

In seinen Morgenrock gehüllt, stützte sich unser Reisender mit den Ellbogen auf die Balkonbrüstung; von seinem Fenster aus sah man auf Santa Lucia, das Castell dell'Ovo und auf das weite Meer bis zum Vesuv und dem blauen Vorgebirge, von dem sich die großen weißen *Casini* von Castellamare abhoben und wo in der Ferne die Villen von Sorrent auftauchten.

Der Himmel war klar, nur eine weiße Wolke steuerte, von einer leichten Brise getrieben, auf die Stadt zu. Paul starrte mit jenem sonderbaren Blick zu ihr hinauf, den wir schon erwähnt haben, und runzelte dabei die Stirn. Neue Schwaden zogen herauf und schlossen sich dieser einen Flocke an, bald breitete eine Decke aus dichten Wolken ihr dunkles Gewölbe über dem Castell Sant'Elmo aus. Dicke Tropfen fielen auf das Lavapflaster und schwollen in wenigen Minuten zu einem jener sintflutartigen Regenfälle an, die Neapels Straßen in wilde Sturzbäche verwandeln, so daß in den Gossen Hunde und sogar Esel fortgerissen werden. Die überraschte Menschenmenge zerstreute sich, alle suchten nach einem geschützten Platz, um sich unterzustellen; die Buden im Freien wurden in aller Eile weggeschafft, nicht ohne eines Teils ihrer Waren verlustig zu gehen, und der Regen, der das Schlachtfeld beherrschte, fegte mit weißen Schwaden über den menschenleeren Kai von Santa Lucia.

Der riesige Facchino, dem Paddy einen so herrlichen Faustschlag verpaßt hatte, lehnte an einer Mauer unter einem Balkon, der ihn ein wenig schützte; er hatte sich nicht von der allgemeinen Flucht anstecken lassen und sah mit äußerst nachdenklichem Blick zu dem Fenster hinauf, auf das sich Paul d'Aspremont stützte.

Während er mit der Hand unter sein grobes Leinenhemd fuhr und ein Bündel von Amuletten berührte, das an einer Schnur um seinen Hals hing, ließ sich sein innerer Monolog in dem einem Satz zusammenfassen, den er aufgebracht vor sich hin brummte:

»Der Kapitän der *Léopold* hätte gut daran getan, diesen *Forestiero* über Bord zu schmeißen.«

Kapitel 4

Bald kehrte das schöne Wetter zurück, ein kräftiger Sonnenstrahl trocknete in wenigen Minuten die letzten Tropfen des Platzregens, und bald wimmelte es auf dem Kai wieder von fröhlichen Menschen. Aber Timberio, der Lastenträger, schien seine Meinung über den jungen Franzosen nicht wesentlich geändert zu haben und zog mit seinen Siebensachen wachsam weiter, bis er außer Sichtweite der Hotelfenster war: Einige *Lazzaroni*, die ihn kannten, wunderten sich, daß er einen so ausgezeichneten Standort aufgab und sich einen weitaus ungünstigeren suchte.

»Wer will, kann meinen Platz haben«, verkündete er und nickte geheimnisvoll. »Ich weiß schon, was ich tue.«

Paul frühstückte auf seinem Zimmer, denn, ob aus Schüchternheit oder Hochmut, er war nicht gern unter Menschen. Anschließend zog er sich an und besuchte das Studj-Museum, um die Zeit zu überbrücken, bis es angebracht war, sich bei Miss Ward einzufinden: Mit zerstreutem Blick bewunderte er die wertvolle Sammlung römischer Vasen aus der Campania, die Bronzestatuen, die man bei Ausgrabungen in Pompeji gefunden hatte, den ehernen, mit Grünspan bedeckten griechischen Helm, der noch den Kopf des Soldaten umschloß, der ihn getragen hatte, den Brocken ausgehärteten Lavaschlamms, der wie eine Gußform den Abdruck des entzückenden Oberkörpers einer jungen Frau bewahrte, die im Landhaus des Arrius Diomedes vom Ausbruch des Vulkans überrascht worden war, den Herkules Farnese mit seinen gewaltigen Muskeln, die Flora, die antike Minerva, die beiden Balbus-Statuen und die wunderbare Statue des Aristides, vielleicht das vollkommenste Kunstwerk, das uns aus der Antike erhalten ist. Doch ein verliebter Mann ist kein begeisterter Betrachter von Kunstschätzen, die kleinste Partie vom Profil seiner Angebeteten bedeutet ihm mehr als aller griechischer und römischer Marmor.

Nachdem er schlecht und recht zwei oder drei Stunden in den Studj verbracht hatte, stürzte er sich in seine Kalesche und ließ sich zu dem Landhaus fahren, in dem Miss Ward wohnte. Mit seinem für Südländer charakteristischen Verständnis für die großen Gefühle trieb der Kutscher seine Schindmähren aufs äußerste an, und bald hielt der Wagen vor den beiden Pfeilern mit den überbordenden Sukkulenten, die wir bereits beschrieben haben. Dieselbe Dienerin kam, um das Torgitter zu öffnen, ihr Haar zwirbelte sich noch immer zu unbändigen Locken, und wie bei seinem ersten Besuch trug sie nur die an Ärmel und Kragen mit bunten Stickereien verzierte Bluse aus grobem Leinen und den farbenprächtigen, quergestreiften kurzen Wollrock der Frauen von Procida; sie hatte, wir müssen es gestehen, keine Strümpfe an und ging barfuß über den staubigen Boden, ihre Füße allerdings hätten einem Bildhauer Bewunderung eingeflößt. Pauls Blick aber fiel zu Vicès sichtlicher Zufriedenheit auf ein Büschel kleiner, eigenartig geformter Anhänger aus Horn und Korallen, das an einer schwarzen Schnur um ihren Hals hing.

Miss Alicia war an ihrem Lieblingsplatz, auf der Terrasse. Zwischen den beiden Säulen, die das Laubdach stützten, hing eine mit Federn geschmückte indianische Hängematte aus roter und weißer Baumwolle, in der die junge Frau unbekümmert schaukelte und nebenbei den gefälbelten Besatz ihres leichten Morgenmantel aus chinesischer Rohseide erbarmungslos zerknitterte. Ihre Füße, deren Spitzen sich durch die Maschen der Hängematte drückten, steckten in Pantoffeln aus Aloefasern, und ihre schönen, unbedeckten Arme hatte sie in der Haltung der antiken Kleopatra hinter dem Kopf verschränkt, denn obwohl es erst Anfang Mai war, herrschte bereits extreme Hitze, und im umliegenden Dickicht zirpten Tausende von Zikaden im Chor.

Der Commodore, der einen Kolonialanzug trug, saß in einem Korbsessel und zog in regelmäßigen Abständen an der Kordel, die die Hängematte in Bewegung setzte.

Eine dritte Person ergänzte die Gruppe: Graf Altavilla, ein eleganter junger Neapolitaner, dessen Anwesenheit auf Pauls Stirn jene tiefe Stirnfalte hervorrief, die seinem Gesicht einen teuflisch bösen Ausdruck gab.

Der Graf gehörte in der Tat zu jener Sorte Männer, die man nicht gern an der Seite der Frau sieht, die man liebt. Seine große Gestalt war von vollendeten Proportionen, das schwarze Haar, das in dicken Strähnen um die glatte, wohlgefällige Stirn lag, glänzte wie Pechkohle; in seinen Augen funkelte ein neapolitanischer Sonnenstrahl, und seine tiefroten Lippen und der olivbraune Ton seiner Haut ließen das Perlweiß seiner großen, kräftigen Zähne noch mehr strahlen. Selbst für einen pingeligen Geschmack gab es am Grafen bis auf ein Übermaß an Schönheit nichts auszusetzen.

Seine Kleidung ließ Altavilla aus London kommen, und selbst der unnachsichtigste Dandy wäre mit seinem Anzug einverstanden gewesen. Nichts von seiner Toilette stammte aus Italien außer den viel zu kostspieligen Knöpfen. Darin zeigte sich der angeborene Hang des Südländers zu Juwelen. Das Bündel gegabelter Korallenzweige, die kleinen Hände aus Lavagestein, die sich zur Faust ballten oder einen Dolch umklammerten, die ausgestreckt liegenden Hunde, die schwarzweißen Hörner und andere winzige Anhänger dieser Art, die an einem Ring an der Kette seiner Taschenuhr hingen, hätte man wohl überall sonst für geschmacklos gehalten, jedoch nicht in Neapel. Ein Spaziergang durch die Via Toledo oder zur Villa Reale hätte genügt, um zu zeigen, daß es keineswegs exzentrisch war, wenn der Graf ein solch seltsames Sammelsurium an seiner Weste trug.

Als Paul d'Aspremont in die Runde trat, sang der Graf gerade auf inständiges Bitten Miss Wards hin eines der entzückenden neapolitanischen Volkslieder unbekannter Herkunft, deren Melodie, wenn nur ein Musiker sie einmal aufschnappte, den Erfolg einer Oper sicherstellen würde. – Wer diese Lieder noch nicht am Ufer von Chiaja oder auf der Mole aus dem Munde eines *Lazzarone*, eines Fischers oder eines *Trovatelle* gehört hat, kann sich anhand der bezaubernden Romanzen eines Gordigiani eine Vorstellung davon machen. Sie bestehen aus dem Seufzer eines Windhauchs, einem Mondstrahl, dem Duft eines Orangenbaums und einem Herzschlag.

Alicia nahm mit ihrer hübschen, ein wenig zu hellen englischen Stimme das Motiv auf, um es sich einzuprägen, und während sie weitersang, begrüßte sie mit einem kleinen freundschaftlichen Zeichen Paul, der sie, gekränkt wegen dieses schönen jungen Mannes, mißmutig ansah.

Da riß ein Strick der Hängematte, und Miss Ward rutschte zu Boden, tat sich dabei aber nicht weh. Sechs Hände eilten ihr gleichzeitig zu Hilfe, doch die junge Frau stand bereits wieder, rot vor Scham, denn es gilt als *improper* hinzufallen, wenn Männer zugegen sind. Allerdings war keine der keuschen Falten ihres Gewandes in Unordnung geraten.

»Dabei habe ich die Stricke doch selbst geprüft«, sagte der Commodore, »und Miss Ward wiegt kaum mehr als ein Kolibri.«

Graf Altavilla schüttelte geheimnisvoll den Kopf; im stillen hatte er für das Reißen des Stricks freilich eine ganz andere Erklärung als Miss Wards Gewicht, doch er war ein wohlerzogener Mann, der seine Meinung für sich behielt, und er beschränkte sich darauf, mit der Traube von Anhängern an seiner Weste zu spielen.

Wie allen Männern, die mürrisch und unzugänglich werden, wenn sie auf einen Rivalen stoßen, den sie für gefährlich halten, statt sich als doppelt so liebenswürdig und freundlich zu erweisen, gelang es Paul d'Aspremont bei aller Weltgewandtheit nicht, seine schlechte Laune zu verhehlen. Er gab nur einsilbige Antworten, verlor den Gesprächsfaden, und wenn er sich Altavilla zuwandte, bekam sein Blick einen finsteren Ausdruck; unter dem durchscheinenden Grau seiner Pupillen ringelten sich die gelben Fibrillen wie Wasserschlangen auf dem Grund einer Quelle.

Jedesmal, wenn Paul ihn so ansah, zupfte der Graf mit einer scheinbar willkürlichen Handbewegung eine Blüte aus einem Blumentopf neben ihm und warf sie fort, als könnte sie den Blick des ungehaltenen Liebhabers brechen.

»Was fällt Ihnen ein, so in meinen Blumen zu wüten?« rief Alicia Ward, als sie das Spiel bemerkte. »Was haben Ihnen meine Blumen angetan, daß Sie sie köpfen?«

»Oh, nichts, Miss Ward, es ist nur ein unbewußter Tick«, antwortete Altavilla, während er mit dem Fingernagel eine herrliche Rose abzwickte und zu den anderen Blüten schickte.

»Sie beunruhigen mich aber furchtbar, ja, Sie schockieren mich geradezu, ohne es zu wissen, denn eine meiner Manien ist es, nie eine Blume zu pflücken. Ein Blumenstrauß flößt mir eine Art Entsetzen ein: Für mich sind das tote Blumen, Rosenkadaver, Eisenkrautleichen, Vergißmeinnichtmumien, deren Geruch etwas von einem Grab hat.«

»Um die Morde zu sühnen, die ich gerade begangen habe«, erwiderte der Graf mit einer

Verbeugung, »werde ich Ihnen hundert Körbe voll blühender Blumen schicken.«

Paul war aufgestanden und knetete mit verkrampfter Miene die Krempe seines Huts, als zähle er die Sekunden bis zum Abschied.

»Was! Sie wollen schon gehen?« fragte Miss Ward.

»Ich habe noch einige Briefe zu schreiben, wichtige Briefe.«

»Oh, wie können Sie so etwas Häßliches sagen!« schmollte die junge Frau. »Kann ein Brief wichtig sein, wenn er nicht an mich gerichtet ist?«

»Bleiben Sie doch noch, Paul«, bat der Commodore, »ich habe schon Pläne für den Abend gemacht, vorausgesetzt meine Nichte ist einverstanden: Zuerst gehen wir zum Brunnen von Santa Lucia und trinken ein Glas Wasser, das nach faulen Eiern riecht, aber den Appetit anregt; dann essen wir am Fischstand ein oder zwei Dutzend weiße und rote Austern und setzen uns anschließend in einer echten neapolitanischen Osteria zum Dîner unter ein Weinspalier, trinken *Falerner* und *Lacrima Christi* und gönnen uns zum Abschluß das Vergnügen und besuchen Signor Pulcinella. Der Graf wird uns sicher gerne die Finessen des neapolitanischen Dialekts erklären.«

Dieser Plan erschien Monsieur d'Aspremont wenig reizvoll, und so zog er sich mit einem unterkühlten Gruß zurück.

Altavilla blieb noch ein wenig; da Miss Ward jedoch aus Verärgerung über Pauls Abschied nicht auf den Vorschlag des Commodore einging, verabschiedete auch er sich.

Zwei Stunden später erhielt Miss Alicia eine riesige Anzahl Blumentöpfe, darunter die seltensten Arten und, zu ihrer größten Überraschung, ein gewaltiges Hörnerpaar von einem sizilianischen Ochsen, durchscheinend wie Jaspis und auf Hochglanz poliert wie Achat, das gut und gerne drei Fuß maß und in bedrohlich schwarzen Spitzen endete. Es war auf einem herrlichen, vergoldeten Bronzegestell befestigt, so daß man die Hörner nicht an einen Haken zu hängen brauchte, sondern auf einen Kaminsims, ein Konsoltischchen oder einen Kragstein stellen konnte.

Vicè, die den Lastenträgern geholfen hatte, Blumen und Hörner auszupacken, schien die Bedeutung des absonderlichen Geschenks zu verstehen.

Sie plazierte die prächtigen Hörner, die der Stirn des göttlichen Stiers entrissen schienen, der Europa entführte, gut sichtbar auf den Steintisch und sagte: »Jetzt ist für unsere Verteidigung gut gesorgt.«

»Was wollen Sie damit sagen?« fragte Miss Ward.

»Nichts … nur daß der Herr aus Frankreich einen sehr eigenartigen Blick hat.«

Kapitel 5

Die Gäste hatten längst gegessen, und die Kohlefeuer, die die Küche des Hotel di Roma tagsüber in den Krater des Vesuvs verwandelten, erloschen allmählich unter den eisernen Feuerstülpen; die Töpfe hingen wieder in Reih und Glied an ihren Plätzen und glänzten wie die Schilde an der Bordwand einer antiken Triere; – und eine Messinglampe ähnlich denen, die man bei Ausgrabungen in Pompeji finden kann, hing an drei dünnen Ketten vom Mittelbalken der Decke herab und beleuchtete mit drei Dochten, die arglos in Öl getaucht waren, das Zentrum der geräumigen Küche, während die Ecken im Dunkeln blieben.

Im Spiel von Licht und Schatten brachte das von oben herabfallende Licht eine Gruppe charakteristischer Gesichter sehr malerisch zur Geltung, die um einen wuchtigen Holztisch versammelt war, der die Mitte des großen Saals einnahm und auf dem das Hackbeil tiefe Kerben und Furchen hinterlassen hatte. Der Rauch, der bei der Zubereitung der Speisen aufstieg, hatte die Küchenwände mit jenem rußigen Glanz überzogen, der bei den Malern aus der Schule Caravaggios so beliebt war. Bei ihrer beharrlichen Liebe zur Wirklichkeit hätte ein L'Espagnolet oder ein Salvator Rosa diese Modelle sicher nicht verschmäht, die der Zufall oder, genauer gesagt, abendliche Gewohnheit hier zusammengeführt hatte.

Da war zunächst der Küchenchef, Virgilio Falsacappa, eine gewichtige Persönlichkeit von der Statur eines Riesen und gewaltiger Korpulenz, den man für einen Gast an der Tafel des Vitellius hätte halten können, wenn er statt eines weißen Baumwollkittels eine purpurgesäumte römische Toga getragen hätte: Mit seinen übertrieben hervortretenden Zügen wirkte er wie eine Art ernstgemeinte Karikatur eines bestimmten Typus, den wir von antiken Münzen kennen; über seinen Augen, die so tief lagen wie bei einer Theatermaske, wölbten sich buschige, einen halben Daumenbreit vorspringende schwarze Brauen; die mächtige Nase warf ihren Schatten über einen breiten Mund, der wie das Maul eines Haifischs mit drei Zahnreihen bestückt schien. Eine starke Wamme wie beim Farnesischen Stier vereinte das Kinn und sein Grübchen, in dem man eine Faust hätte versenken können, mit einem kräftigen, athletischen Hals, der vollständig von Adern und Muskeln überzogen war. Das große, grell gefleckte Gesicht wurde von einem Backenbart eingerahmt, dessen Koteletten jede für sich einem Sappeur zu einem ordentlichen Bart verholfen hätten; von einigen Silbersträhnen durchwirkt, kringelte sich das schwarz glänzende Haar in kurzen Locken um seinen Schädel, und der von drei Querwülsten gefältelte Nacken quoll über den Kragen seines Kittels; die zwei silbernen Ringe von der Größe einer Mondscheibe, die unter seinen Ohrläppchen schillerten, wurden seitlich abgespreizt von den Gelenkköpfen eines Kiefers, der einen Ochsen binnen eines Tages hätte zermalmen können. Mit der über die Hüften gezogenen Schürze und dem in einer Holzscheide steckenden Messer sah Meister Virgilio Falsacappa aus wie ein Opferpriester und nicht wie ein Koch.

Weiter saß dort der Lastenträger Timberio, den die Ertüchtigung in seinem Beruf und seine maßvolle Diät, die aus einer Handvoll halbgarer, mit *Cacio-cavallo* bestreuten Maccheroni, einem Stück Wassermelone und einem Glas Eiswasser bestand, verhältnismäßig schlank hielten, der wohlgenährt jedoch bestimmt dieselbe Leibesfülle erreicht hätte wie Falsacappa, denn sein kräftiger Knochenbau schien wie dazu geschaffen, einen Berg von Fleisch zu tragen. Seine Kleidung bestand nur aus einer Hose, einer langen, braunen Stoffweste und einem groben Caban, den er sich über die Schultern geworfen hatte.

Am Tischrand lehnte der Kutscher Scazziga, dessen Mietkalesche Monsieur Paul d'Aspremont benutzte, und zeigte ebenfalls ein auffälliges Gesicht; seine unregelmäßigen und geistvollen Züge verrieten eine angeborene Schläue; ein gekünsteltes Lächeln huschte um seine spöttischen Lippen, und an seinem liebenswürdigen Benehmen sah man, daß er ständig mit vornehmen Leuten zu tun hatte. Seine in einem Altkleidergeschäft erstandene Toilette täuschte eine Art Livree vor, auf die er nicht wenig stolz war und die in seiner Vorstellungswelt einen großen sozialen Unterschied zwischen ihm und dem wilden Timberio machte; er staffierte seine Rede mit englischen und französischen Versatzstücken aus, die nicht immer genau das trafen, was er sagen wollte, ihm desungeachtet aber viel Bewunderung seitens der über soviel Kenntnisse staunenden Küchenmägde und Küchenjungen einbrachte.

Zwei junge Zimmermädchen, die sich ein wenig im Hintergrund hielten, erinnerten mit ihren zweifellos weniger edlen Zügen an den von Syrakuser Münzen hinlänglich bekannten Frauentyp: niedrige Stirn, eine Nase, die übergangslos in der Stirn wurzelte, leicht aufgeworfene Lippen, ein feistes, breites Kinn, glattes, gescheiteltes Haar von einem bläulichen Schwarz, das im Nacken zu einem dicken Knoten geschlungen war, durch den Haarnadeln mit Köpfen aus Korallen gingen; und um ihre Karyatidenhälse, deren Muskeln davon gestählt waren, daß sie Lasten für gewöhnlich auf dem Kopf trugen, lagen dreireihige Perlenketten aus demselben Material. – Dandys hätten diese armen Mädchen zweifellos geringgeschätzt, die das Blut der schönen Rassen Großgriechenlands ganz unvermischt bewahrten, doch jeder Künstler hätte bei ihrem Anblick sofort das Skizzenbuch hervorgeholt und den Bleistift gespitzt.

Haben Sie das Gemälde Murillos in der Galerie des Marschall Soult gesehen, das mehrere Cherubim bei Küchenarbeiten zeigt? Es würde uns ersparen, an dieser Stelle die kraushaarigen Lockenköpfe der drei oder vier Küchenjungen zu beschreiben, die die Gruppe vervollständigten.

Die Runde besprach eine ernste Angelegenheit. Es ging um Monsieur Paul d'Aspremont, den reisenden Franzosen, der mit dem letzten Dampfer angekommen war: Die Küche hielt Scherbengericht über die Gemächer.

Der Lastenträger Timberio führte das Wort. Wie ein gerade beliebter Schauspieler legte er nach jedem Satz eine kurze Pause ein, damit die Zuhörer Zeit hatten, die ganze Tragweite seiner Ausführungen zu begreifen, ihre Zustimmung zu bekunden oder Einwände zu erheben.

»Laßt euch gesagt sein«, sagte der Redner, »die *Léopold* ist ein zuverlässiges toskanisches Dampfschiff, gegen das nichts einzuwenden ist, außer daß es zu viele ketzerische Engländer transportiert …«

»Die englischen Ketzer zahlen aber gut«, wandte Scazziga ein, den die Trinkgelder toleranter gestimmt hatten.

»Zweifellos; es ist wohl auch das mindeste, was ein Christenmensch von einem Ketzer erwarten kann, daß er ihn für seine Dienste großzügig entlohnt, um die Demütigung zu mildern.«

»Für mich ist es nicht demütigend, einen Forestiero in meiner Kutsche zu fahren; schließlich arbeite ich nicht als Lasttier wie du, Timberio.«

»Bin ich nicht ebenso getauft wie du?« gab der Lastenträger stirnrunzelnd zurück und ballte die Fäuste.

»Laßt Timberio ausreden«, rief die Versammlung im Chor, denn man fürchtete, diese interessante Erörterung könne in einen Streit umschlagen.

»Ihr müßt zugeben«, nahm der besänftigte Redner den Faden wieder auf, »daß herrliches Wetter war, als die *Léopold* in den Hafen einlief.«

»Zugegeben, Timberio«, ließ sich der Koch gnädig herab.

»Das Meer war spiegelglatt«, fuhr der Facchino fort, »und trotzdem hat eine riesige Welle Gennaros Boot so heftig erschüttert, daß er mit zwei oder drei seiner Kameraden ins Wasser gefallen ist. – Geht das mit rechten Dingen zu? Dabei ist Gennaro ein alter Seebär, der ohne Balancierstange auf einer Rah Tarantella tanzt.«

»Vielleicht hat er ein Fläschchen Asprino zuviel getrunken«, wandte Scazziga ein, der Rationalist in der Runde.

»Nicht mal ein Glas Limonade«, erwiderte Timberio, »aber an Bord des Dampfers stand ein Herr, der ihn auf eine ganz bestimmte Art ansah –, versteht ihr!«

»Vollkommen, Timberio«, antwortete der Chor, und alle streckten in bewundernswerter Gleichzeitigkeit den Zeigefinger und den kleinen Finger aus.

»Und dieser Herr«, so Timberio, »war kein anderer als Monsieur Paul d'Aspremont.«

»Der Gast von Nummer 3«, fragte der Küchenchef, »der sich das Essen aufs Zimmer kommen läßt?«

»Genau der«, antwortete die jüngste und hübscheste der Küchenmägde, »ich habe noch nie einen ungehobelteren, abstoßenderen und verächtlicheren Gast gesehen; er hat mich weder angesehen noch gegrüßt, dabei bin ich doch ein Kompliment wert, wie mir alle Herren versichern.«

»Ihr seid mehr wert als das, meine schöne Gelsomina«, sagte Timberio galant, »aber Ihr solltet Euch glücklich schätzen, daß Euch der Fremde nicht beachtet hat.«

»Du bist aber auch zu abergläubisch«, warf der skeptische Scazziga ein, der durch seine Kontakte zu ausländischen Gästen ein wenig Voltairschen Geist geatmet hatte.

»Paß lieber auf, daß du bei so viel Umgang mit den Ketzern nicht den Glauben an San Gennaro verlierst.«

»Wenn Gennaro ins Wasser gefallen ist«, fuhr Scazziga zu seiner Verteidigung fort, »heißt das noch lange nicht, daß Monsieur d'Aspremont über die Kräfte verfügt, die du ihm zuschreibst.«

»Du möchtest andere Beweise: Heute morgen habe ich ihn am Fenster gesehen; er starrte eine Wolke an, die nicht größer war als eine Feder aus einem aufgeplatzten Kopfkissen, und kurz darauf zogen sich alle dunklen Schwaden zusammen, und es fiel ein so starker Regen, daß die Hunde im Stehen trinken konnten.«

Scazziga war nicht überzeugt und schüttelte zweifelnd den Kopf.

»Sein Groom ist übrigens kein Haar besser«, ließ Timberio sich nicht beirren, »es kann nur mit dem Teufel zugehen, wenn mich dieser Lackaffe mit einem Schlag zu Boden streckt, den ich normalerweise mit einem Schnipser erledigen würde.«

»Ich bin derselben Meinung wie Timberio«, sagte der Koch hoheitsvoll, »der Fremde ißt wenig, die gefüllten Zucchini, das Backhuhn und die

Maccheroni mit Tomaten hat er zurückgehen lassen, dabei hatte ich alles eigenhändig für ihn zubereitet! Hinter dieser Enthaltsamkeit verbirgt sich irgendein sonderbares Geheimnis. Warum sollte ein reicher Mann diese köstlichen Speisen stehenlassen und nur Suppe mit Einlage und eine Scheibe kalten Braten zu sich nehmen?«

»Er ist rothaarig«, sagte Gelsomina, während sie mit den Fingern durch den schwarzen Wald ihrer glatten, gescheitelten Haarpracht fuhr.

»Und er hat leicht hervortretende Augen«, fügte Pepina, die andere Küchenmagd, hinzu.

»Die außerdem sehr eng beieinander stehen«, betonte Timberio.

»Und die Falte zwischen seinen Augenbrauen hat die Form eines Hufeisens«, schloß der gewaltige Virgilio Falsacappa die Belehrung ab, »er ist also ...«

»Sprecht das Wort nicht aus, es ist nicht nötig«, rief der ganze Chor außer dem immer noch skeptischen Scazziga, »wir müssen jedenfalls auf der Hut sein.«

»Wenn ich dran denke, wie die Polizei mich in die Mangel nehmen würde, wenn ich diesem unheilbringenden Forestiero aus Versehen einen dreihundert Pfund schweren Koffer auf den Kopf fallen ließe!«

»Scazziga ist sehr tapfer, daß er ihn fährt«, sagte Gelsomina.

»Ich sitze auf dem Kutschbock, er sieht mich nur von hinten, und seine Blicke können sich mit meinen nicht im richtigen Winkel kreuzen. Außerdem wäre es mir piepegal.«

»Euch fehlt es am rechten Glauben, Scazziga«, beschied der kolossale *Palforio*, der Koch mit den herkulischen Maßen, »es wird noch mal ein schlimmes Ende mit Euch nehmen.«

Während man in der Küche des Hotel di Roma über Paul diskutierte, war der wegen des Besuchs von Graf Altavilla bei Miss Ward übel gelaunte Franzose zu einem Spaziergang zur Villa Reale aufgebrochen; mehrmals grub sich die tiefe Falte in seine Stirn, und seine Augen blickten starr. Er meinte, Miss Alicia mit dem Grafen und dem Commodore in einer Kalesche vorbeifahren zu sehen, und rannte, den Kneifer auf der Nase, zum Wagenschlag, um sich zu vergewissern: Es war nicht Alicia, sondern eine Frau, die ihr von weitem ein wenig ähnlich sah. Nur die Pferde hatten sich unter Pauls Ansturm so erschreckt, daß sie scheuten.

Paul aß ein Eis im Café Europa am Largo del Palazzo, dem Schloßplatz: Einige Gäste musterten ihn aufmerksam, machten eine sonderbare Geste und suchten sich einen neuen Platz.

Er besuchte ein Theater, in dem, *tutto da ridere*, ein Stück der Commedia dell'arte gegeben wurde. Während der improvisierten Possenreißerei verlor Pulcinella den Faden und geriet ins Stocken; der Schauspieler hatte sich bald wieder gefaßt, doch mitten in einer Posse fiel seine schwarze Pappnase herab, und es gelang ihm nicht mehr, sie wieder aufzusetzen. Wie zu seiner Entschuldigung verwies er mit einem raschen Handzeichen auf den Grund seiner Mißgeschicke: Pauls Blick hatte ihn aller Ausdrucksmittel beraubt.

Die Zuschauer neben Paul suchten einer nach dem anderen das Weite; als Monsieur d'Aspremont aufstand, um hinauszugehen, bemerkte er nichts von der sonderbaren Wirkung, die er ausübte, und auf dem Flur hörte er leise Stimmen, die das ihm fremde und unverständliche Wort flüsterten: *Un jettatore! Un jettatore!*

Kapitel 6

Am Tag, nachdem er ihr die Hörner geschickt hatte, besuchte Graf Altavilla Miss Ward. Die junge Engländerin saß mit ihrem Onkel beim Tee, gerade so, als befänden sie sich in einem gelben Backsteinhaus in Ramsgate und nicht auf einer weiß gekalkten, von Feigenbäumen, Kakteen und Aloen umgebenen Terrasse in Neapel; eine der charakteristischen Eigenschaften der Angelsachsen besteht darin, daß sie ihre Gewohnheiten beibehalten, wie sehr sie dem Klima auch widersprechen mögen. Der Commodore strahlte: Dank eines Geräts, mit dem man auf chemische Weise Eisstücke herstellen konnte – sonst gab es nur Schnee aus den Bergen, die sich hinter Castellamare erhoben –, war es ihm gelungen, die Butter hart zu halten, und mit sichtlicher Befriedigung strich er sich eine Scheibe Brot, die er teilte und zu einem Sandwich zusammenklappte.

Nach einigen belanglosen Worten, die jeder Unterhaltung vorangehen und den Präludien gleichen, mit denen sich Pianisten am Klavier einspielen, bevor sie mit ihrem Stück beginnen, ließ Alicia plötzlich die üblichen Höflichkeitsfloskeln beiseite und fragte den jungen neapolitanischen Grafen unvermittelt:

»Was hat dieses sonderbare Geschenk zu bedeuten, die Hörner, die mit den Blumen kamen? Meine Dienerin, Vicè, meinte, es sei ein Schutz gegen den *Fascino;* mehr habe ich allerdings nicht aus ihr herausgebracht.«

»Vicè hat recht«, antwortete der Graf mit einer Verbeugung.

»Aber was ist denn dieser Fascino?« fuhr die junge Frau fort. »Ich weiß nichts von eurem … afrikanischen Aberglauben, denn zweifellos hängt er mit irgendeinem Volksglauben zusammen.«

»Der Fascino ist der schädliche Einfluß, den jemand ausübt, der den bösen Blick besitzt oder vielmehr, der damit geschlagen ist.«

»Ich tue so, als würde ich Sie verstehen, denn ich fürchte, Sie bekommen eine schlechte Meinung von meinen geistigen Fähigkeiten, wenn ich zugebe, daß mir der Sinn Ihrer Worte entgeht«, sagte Miss Ward, »aber Sie erklären das Unbekannte mit dem Unbekannten. Böser Blick sagt mir nicht viel mehr als Fascino; ich kann zwar Latein wie die Personen der Komödie, aber tun Sie einfach so, als würde ich es nicht verstehen.«

»Ich will versuchen, mich so klar wie möglich auszudrücken«, erwiderte Altavilla, »doch halten Sie mich nicht mit britischer Geringschätzung für einen Wilden, der seine rot und blau tätowierte Haut unter der Kleidung verbirgt. Ich bin ein gebildeter Mann, ich wurde in Paris erzogen, spreche Englisch und Französisch, habe Voltaire gelesen und glaube an die Dampfmaschine, an die Eisenbahn und, wie Stendhal, an das Zweikammersystem, ich esse Maccheroni mit der Gabel –, morgens trage ich Handschuhe aus Dänischleder, nachmittags farbige und abends strohgelbe Glacéhandschuhe.«

Diese seltsame Vorrede erregte die Aufmerksamkeit des Commodore, der sich gerade sein zweites Butterbrot strich, mit dem Messer in der Hand innehielt und seine polarblauen Pupillen, die in einem bizarren Kontrast zu seiner ziegelroten Gesichtsfarbe standen, erstaunt auf Altavilla richtete.

»Das beruhigt mich jetzt aber«, meinte Alicia Ward mit einem Lächeln, »ich müßte schon äußerst argwöhnisch sein, wenn ich Sie nach diesen Ausführungen der *Barbarei* bezichtigen wollte. Was Sie mir mitteilen wollen, scheint ja äußerst schrecklich oder unsinnig zu sein, sonst würden Sie doch ohne Umschweife zur Sache kommen?«

»Ja, ganz schrecklich unsinnig, und was noch schlimmer ist, vollkommen lächerlich«, fuhr der Graf fort, »wären wir in London oder Paris, würde ich vielleicht mit Ihnen lachen, aber hier in Neapel …«

»… müssen Sie ernst bleiben, das wollen Sie doch sagen?«

»Ganz genau.«

»Kommen wir zum Fascino zurück«, forderte Miss Ward, die von Altavillas Ernsthaftigkeit wider Willen beeindruckt war.

»Dieser Glaube reicht bis ins früheste Altertum zurück. Er wird schon in der Bibel erwähnt. Vergil spricht im Brustton der Überzeugung davon; bronzene Amulette aus Pompeji, Herkulaneum, Stabia und die schutzbringenden Zeichen an den dort freigelegten Hauswänden zeigen, wie verbreitet dieser Aberglaube damals war.« (Altavilla betonte in weiser Voraussicht das Wort *Aberglaube.*) »Im ganzen Orient ist er heute noch lebendig. Bei maurischen Häusern sind an jeder Seite rote und grüne Hände angebracht, um schädliche Einflüsse abzuwenden. In der Alhambra sieht man auf dem Schlußstein des Torbogens über dem Tor der Gerechtigkeit eine Hand, die in Stein gemeißelt ist; ein Beweis, daß dieses *Vorurteil*, wenn schon nicht begründet, so zumindest alt ist. Wenn Millionen Menschen über Tausende von Jahren einer Meinung waren, darf man davon ausgehen, daß sie aufgrund handfester Erfahrungen zu dieser allgemeinen Auffassung gelangt sind, aufgrund einer langen Reihe von Beobachtungen, die immer wieder bestätigt wurden … Welch hohe Meinung auch immer ich von mir haben mag, ich kann mir nicht vorstellen, daß sich so viele Menschen, darunter zweifellos eine Menge berühmter, aufgeklärter und weiser Menschen, so vollkommen in einer Sache getäuscht haben sollten und ich allein klarsähe …«

»Ihre Argumentation ist einfach zu widerlegen«, unterbrach ihn Miss Alicia Ward. »War nicht Vielgötterei die Religion Hesiods, Homers, Aristoteles', Platons, ja selbst des Sokrates, der dem Äskulap einen Hahn geopfert hat, und einer Vielzahl anderer Persönlichkeiten von unleugbarem Genie?«

»Zweifellos, aber heute opfert niemand mehr dem Jupiter Rinder.«

»Beefsteaks und Rumpsteaks daraus zu machen ist allerdings auch sinnvoller«, beschied der Commodore schulmeisterlich, den der Brauch, die fetten Oberschenkel der Opfer auf Kohlefeuern zu verbrennen, bei Homer immer entrüstet hatte.

»Man opfert Venus keine Tauben, Juno keine Pfauen und Bacchus keine Ziegenböcke mehr; das Christentum hat diese in weißen Marmor gehauenen Träume ersetzt, mit denen Griechenland seinen Olymp bevölkert hatte, die Wahrheit hat die alten Irrtümer zum Verschwinden gebracht, und dennoch fürchten sich unendlich viele Menschen vor den Auswirkungen des

Fascino oder der *Jettatura*, wie der Böse Blick im Volk genannt wird.«

»Daß das unwissende Volk sich vor solchen Mächten fürchtet, mag ja sein«, räumte Miss Ward ein, »aber daß ein Mann von Ihrem Stand und Ihrer Bildung diesen Glauben teilt, erstaunt mich doch.«

»Von den großen Geistern«, antwortete der Graf, »hängt manch einer ein Horn an sein Fenster, nagelt ein Geweih über seine Haustür und geht nur unter dem Schutz von Amuletten aus dem Haus; ich will ganz offen sein, und ich schäme mich nicht zu gestehen, daß ich bereitwillig die Straßenseite wechsle, wenn ich einem Jettatore begegne, und daß ich seinen Blick, wenn ich ihm nicht ausweichen kann, so gut wie möglich mit dem geeigneten Handzeichen banne. Ich mache nicht mehr Aufhebens darum als ein Lazzarone, und es geht mir gut dabei. Zahlreiche Mißgeschicke haben mich gelehrt, solche Vorsichtsmaßnahmen zu beherzigen.«

Miss Alicia Ward war Protestantin, erzogen in großer geistiger Freiheit und Vorurteilslosigkeit; sie bildete sich kein Urteil, bevor sie eine Sache nicht geprüft hatte, und sie verabscheute mit aufrichtiger Vernunft alles, was sich nicht mathematisch erklären ließ. Die Rede des Grafen überraschte sie. Zuerst hatte sie darin nur ein geistreiches Spiel sehen wollen, aber der ruhige und sichere Ton Altavillas belehrte sie eines Besseren, ohne sie im geringsten zu überzeugen.

»Ich gebe ja zu«, sagte sie, »daß es dieses Vorurteil gibt, daß es weit verbreitet ist, daß Ihre Furcht vor dem bösen Blick aufrichtig ist und Sie nicht nur mit einer armen einfältigen Ausländerin Ihren Scherz treiben wollen, aber liefern Sie mir irgendeine physikalische Ursache für diese abergläubische Vorstellung, denn ich bin, und Sie können mich deshalb gern für ein vollkommen prosaisches Wesen halten, äußerst ungläubig: Das Phantastische, Mysteriöse, Verborgene, Unerklärliche kann mich kaum beeindrucken.«

»Sie können nicht bestreiten, Miss Alicia«, fuhr der Graf fort, »daß der menschliche Blick eine Macht ausübt; in ihm verbindet sich das himmlische Licht mit dem Widerschein der Seele; die Pupille ist eine Linse, die die Strahlen des Lebens bündelt, und aus dieser engen Öffnung strömt die geistige Elektrizität: Dringt nicht der Blick einer Frau in das härteste Herz? Läßt nicht der Blick eines Helden eine ganze Armee zu Stein erstarren? Zähmt nicht der Blick eines Arztes den Irren wie ein Strahl kaltes Wasser? Schlägt nicht der Blick einer Mutter Löwen in die Flucht?«

»So beredt Sie Ihre Sache auch vertreten«, antwortete die hübsche Miss Ward kopfschüttelnd, »verzeihen Sie mir, wenn ich trotzdem Zweifel hege.«

»Und der Vogel, der zitternd vor Entsetzen mit lautem Wehgeschrei aus dem Baumwipfel hinabstößt, von dem er sich aufschwingen könnte, um sich einer Schlange in den Rachen zu werfen, die ihn bezaubert hat, folgt er etwa einem Vorurteil? Hat er von den gefiederten Klatschbasen in den Nestern Geschichten über die Jettatura gehört? – Liegen nicht vielen Wirkungen Ursachen zugrunde, die wir mit unseren Sinnesorganen nicht erfassen können? Sind die Miasmen des Sumpffiebers, der Pest, der Cholera sichtbar? Niemand kann den elektrischen Strom an der Spitze eines Blitzableiters sehen, und dennoch wird der Blitz abgeleitet! Was soll denn absurd sein an der Annahme, von dieser schwarzen, blauen oder grauen Scheibe gehe ein günstiges oder unheilvolles Strahlen aus? Warum sollte diese Kraft, je nach der Art der Ausstrahlung und des Winkels, in dem sie auf ihr Ziel trifft, nicht glückbringender oder unheilvoller Natur sein?«

»Die Theorie des Grafen hat«, so schien dem Commodore, »etwas Bestechendes; ich zum Beispiel habe einer Kröte nie in die goldenen Augen sehen können, ohne ein unerträgliches Brennen im Magen zu spüren, als hätte ich ein Brechmittel eingenommen, und dennoch hätte das arme Reptil mehr Gründe, sich zu ängstigen, als ich, der ich es unter dem Absatz zertreten könnte.«

»Ah! Mein guter Onkel! Wenn Sie sich auf die Seite des Grafen stellen, muß ich mich wohl geschlagen geben«, meinte Miss Ward. »Mir fehlt die Kraft zu kämpfen. Wenngleich ich vielleicht einiges gegen diese Augenelektrizität einzuwenden hätte, die noch kein Physiker erwähnt hat, will ich ihre Existenz doch für einen Augenblick einräumen, aber in welcher Weise sollten mich denn die riesigen Hörner, die Sie mir zukommen ließen, vor ihren verderblichen Auswirkungen schützen?«

»Auf dieselbe Weise, wie der Blitzableiter mit seiner Spitze den Blitz auffängt«, antwortete Altavilla, »lenken die spitzen Enden der Hörner, wenn sich der Blick des Jettatore auf sie richtet, die schädliche Strahlung ab und entladen sie ihrer gefährlichen Elektrizität. Zwei nach vorn ausgestreckte Finger und Korallenamulette leisten dasselbe.«

»Was Sie mir da erzählen, ist völlig verrückt, werter Herr Graf«, erwiderte Miss Ward, »aber ich entnehme dem, daß ich Ihrer Meinung nach unter dem Fascino eines sehr gefährlichen Jettatore stehe und Sie mir die Hörner zu meiner Verteidigung geschickt haben.«

»Das fürchte ich, Miss Alicia«, versicherte der Graf im Brustton fester Überzeugung.

»Das wäre ja noch schöner«, rief der Commodore, »wenn einer dieser schielenden Kerle versuchen würde, meine Nichte zu bezaubern! Ich mag zwar die Sechzig überschritten haben, aber meine Fäuste weiß ich noch zu gebrauchen.«

Er preßte den Daumen auf seine gekrümmten Finger und ballte die Faust.

»Zwei Finger genügen, Mylord«, sagte Altavilla und brachte die Hand des Commodore in die gewünschte Stellung. »Meistens kommt es unbeabsichtigt zur Jettatura, sie vollzieht sich, ohne daß derjenige davon weiß, der diese verhängnisvolle Gabe besitzt, und wenn sich die Jettatori ihrer unheilbringenden Macht bewußt werden, beklagen sie ihre Wirkung häufig sogar mehr als jeder andere; daher soll man ihnen aus dem Weg gehen und sie nicht mißhandeln. Außerdem kann man mit Hörnern, vorgestreckten Fingern und Korallenzweigen ihre Macht neutralisieren oder zumindest abschwächen.«

»Das ist in der Tat sehr seltsam«, sagte der Commodore, der wider Willen von Altavillas Gelassenheit beeindruckt war.

»Ich hatte keine Ahnung, daß ich so sehr von Jettatori bedrängt werde. Ich verlasse diese Terrasse nur selten, allenfalls am Abend, wenn ich mit meinem Onkel eine Kutschfahrt entlang der Villa Reale mache, und dabei habe ich nichts bemerkt, was Ihren Verdacht begründen könnte«, sagte die junge Frau, deren Neugier geweckt war, auch wenn sie noch immer ungläubig blieb. »Wen haben Sie denn in Verdacht?«

»Es handelt sich nicht um einen Verdacht, Miss Ward, ich bin mir vollkommen sicher«, antwortete der junge Neapolitaner.

»Seien Sie so gut und verraten uns den Namen dieses unglückseligen Wesens?« sagte Miss Ward mit einem Anflug von Spott.

Altavilla blieb stumm.

»Man sollte doch wissen, vor wem man sich in acht nehmen muß«, fügte der Commodore hinzu.

Der junge Graf schien nachzudenken. – Dann stand er auf, blieb vor Miss Wards Onkel stehen, verneigte sich ehrerbietig und sagte zu ihm:

»Mylord, ich bitte Sie um die Hand Ihrer Nichte.«

Auf diesen unerwarteten Antrag hin wurde Alicia ganz rosig, und das rötliche Gesicht des Commodore lief puterrot an.

Gewiß konnte ein Graf Altavilla um die Hand von Miss Ward anhalten; er gehörte zu einem der ältesten Adelsgeschlechter Neapels, er war schön, jung, reich, in guter Stellung bei Hof, bestens erzogen und von tadelloser Eleganz; an sich war sein Antrag nicht anstößig, aber er kam so unversehens, wurde auf so seltsame Weise gestellt, knüpfte so wenig an das vorangegangene

Gespräch an, daß die Verblüffung von Onkel und Nichte nur allzu verständlich war. Doch Altavilla schien deshalb weder überrascht noch enttäuscht zu sein, sondern sah seelenruhig der Antwort entgegen.

»Mein lieber Graf«, holte der Commodore schließlich aus, nachdem er seine Verwirrung ein wenig überwunden hatte, »Ihr Antrag überrascht mich – mindestens so sehr, wie er mich ehrt. – Tatsächlich weiß ich nicht, was ich Ihnen sagen soll, ich habe noch nicht mit meiner Nichte darüber gesprochen. – Wir sprachen vom Fascino, der Jettatura, von Hörnern, Amuletten und von geballten Fäusten oder vorgestreckten Fingern, von allen möglichen Dingen, die nichts mit dem Thema der Eheschließung zu tun haben, und plötzlich bitten Sie mich um Alicias Hand! – Ich sehe da keinen Zusammenhang, und Sie werden mir nicht böse sein, daß ich noch keine klaren Vorstellungen in dieser Angelegenheit habe. Eine solche Verbindung wäre zweifellos sehr schicklich, aber bisher dachte ich, meine Nichte würde andere Absichten hegen. Es stimmt zwar, daß ein alter Seebär wie ich nicht sehr geübt darin ist, in den Herzen junger Mädchen zu lesen …«

Alicia merkte, wie ihr Onkel den Faden verlor, und nutzte die Sprechpause, die er nach dem letzten Satz einlegte, um eine Szene zu beenden, die langsam peinlich wurde:

»Wenn ein Kavalier in aller Aufrichtigkeit um die Hand eines ehrbaren Mädchens bittet«, richtete sie sich an den Grafen, »gibt es keinen Grund für sie, Anstoß daran zu nehmen, allerdings mag sie sich zu Recht über die seltsamen Umstände des Antrags wundern. Ich bat Sie, mir den Namen des angeblichen Jettatore zu nennen, dessen Einfluß mir Ihrer Meinung nach schaden könnte, und Sie richten an meinen Onkel unvermittelt einen Antrag, dessen Beweggründe ich nicht erkennen kann.«

»Nun«, antwortete Altavilla, »ein Edelmann gibt nicht gern den Verräter, und nur ein Ehemann kann seine Frau beschützen. Aber nehmen Sie sich einige Tage Zeit, um nachzudenken. Solange dürften, hoffe ich, die gut sichtbar aufgestellten Hörner genügen, um alles Ungemach von Ihnen fernzuhalten.«

Nach diesen Worten verabschiedete sich der Graf mit einer tiefen Verbeugung.

Vicè, die gebräunte, kraushaarige Dienerin, die die Teekanne und die Tassen wegtragen wollte, hatte das Ende des Gesprächs gehört, als sie langsam die Treppe zur Terrasse hinaufgestiegen war; sie hegte gegen Paul d'Aspremont alle Abneigung, die eine durch zwei oder drei Jahre Dienerschaft kaum umgänglicher gewordene Bäuerin aus den Abruzzen gegen einen der Jettatura verdächtigen Forestiero nur empfinden konnte; dagegen fand sie Graf Altavilla prächtig und begriff nicht, wie Miss Ward ihm einen schmächtigen und blassen jungen Mann vorziehen konnte, den sie, Vicè nicht einmal gewollt hätte, wenn er kein Jettatore gewesen wäre. Da sie das Taktgefühl des Grafen nicht zu würdigen wußte und ihre Herrin, die sie liebte, vor schädlichen Einflüssen bewahren wollte, beugte sie sich zu Miss Ward hinab und flüsterte ihr ins Ohr:

»Ich kenne den Namen, den Graf Altavilla Ihnen verheimlicht.«

»Ich verbiete Ihnen, Vicè, ihn auszusprechen, solange Ihnen an meiner Gunst gelegen ist«, erwiderte Alicia. »Dieser ganze Aberglaube ist wirklich eine Schande, und als gute Christin, die nur Gott fürchtet, werde ich ihm die Stirn bieten.«

Kapitel 7

»Jettatore! Jettatore! Damit bin ich gemeint«, dachte Paul d'Aspremont, als er ins Hotel zurückkehrte. »Ich weiß nicht, was es bedeutet, doch gewiß liegt ein beleidigender oder verhöhnender Sinn darin. Was habe ich Sonderbares, Außergewöhnliches oder Lächerliches an mir, daß ich auf so unerfreuliche Weise Aufmerksamkeit errege? Man ist sich selbst zwar ein ziemlich schlechter Richter, aber meinem Eindruck nach bin ich weder schön noch häßlich, weder groß noch klein, weder mager noch dick, und in der Menge bleibe ich völlig unauffällig. An meinem Erscheinungsbild finde ich nichts Ausgefallenes; ich trage keinen von Kerzen beleuchteten Turban wie Monsieur Jourdain im *Bürger als Edelmann*; den Rücken meines Sakkos ziert keine gestickte goldene Sonne, mir geht kein paukeschlagender Neger voraus und meine Eigenheiten, die in Neapel ohnehin niemand kennt, werden von meinem gleichförmigen Gewand, dem Domino der Moderne, verborgen; ich gleiche in allem den eleganten Herren, die über die Via Toledo oder den Largo del Castello flanieren, nur daß ich etwas weniger Krawatte, etwas weniger Putz, etwas weniger

Stickereien am Hemd, etwas weniger Weste, etwas weniger Goldkettchen und viel weniger Haartracht zeige.

Vielleicht ist mein Haar nicht genug gekräuselt? – Morgen werde ich mich der Brennschere des Hotelfriseurs anvertrauen. Allerdings ist man hier den Anblick von Fremden gewohnt, und ein paar unscheinbare Abweichungen in der Toilette können nicht der Grund für das rätselhafte Wort und die sonderbare Geste sein, die mein Auftreten hervorruft. Außerdem habe ich in den Blicken der Leute, die mir ausweichen, einen Ausdruck der Abneigung und des Grauens bemerkt. Was kann ich diesen Leuten angetan haben, denen ich zum ersten Mal begegnet bin? Ein Reisender, ein vorbeihuschender Schatten, der nicht mehr wiederkehrt, erntet überall nur Gleichgültigkeit, sofern er nicht aus fernen Ländern kommt oder einer unbekannten Rasse abstammt; aber die Passagierschiffe werfen jede Woche Tausende von Touristen auf die Mole, von denen ich mich in nichts unterscheide. Wen kümmert das außer den Facchini, den Hotelbesitzern und dem Dienstpersonal vor Ort? Ich habe meinen Bruder nicht umgebracht, denn ich habe keinen, folglich kann ich von Gott nicht mit dem Kainsmal gebrandmarkt sein; trotzdem ängstigen sich die Menschen bei meinem Anblick und entfernen sich. In Paris, London, Wien, in allen Städten, in denen ich gewohnt habe, ist es mir nie vorgekommen, daß ich eine ähnliche Wirkung hervorgerufen hätte; man fand mich bisweilen stolz, herablassend, ungesellig, man sagte mir nach, ich würde den *sneer* der Engländer nachahmen, Lord Byron mimen, aber ich wurde überall wie ein Gentleman empfangen, und meine Annäherungen wurden, so selten sie vorkamen, um so mehr geschätzt. Eine dreitägige Überfahrt von Marseille nach Neapel kann mich nicht so sehr verändert haben, daß ich abstoßend oder unansehnlich geworden bin, schließlich habe mich schon etliche Frauen in Betracht gezogen, und ich konnte sogar das Herz einer Miss Alicia Ward gewinnen, einer entzückenden jungen Frau, eines himmlischen Wesens, eines Engels wie von Thomas Moore!«

Diese sicherlich vernünftigen Überlegungen beruhigten Paul d'Aspremont ein wenig, und er redete sich ein, daß er der übertriebenen Mimik der Neapolitaner, die wie kein anderes Volk der Welt gestikulieren, eine viel zu große Bedeutung beigemessen habe.

Es war spät. – Mit Ausnahme von Paul hatten alle Gäste ihre Zimmer aufgesucht; eines der Zimmermädchen, Gelsomina, deren Erscheinungsbild wir anläßlich der Zusammenkunft in der Küche unter dem Vorsitz von Virgilio Falsacappa beschrieben haben, wartete auf Pauls Rückkehr, um das Tor zu verriegeln. Eigentlich hätte das andere Mädchen, Nanella, Dienst gehabt, da sie aber auf keinen Fall dem Forestiero begegnen wollte, der der Jettatura verdächtigt wurde, hatte sie ihre beherztere Kollegin gebeten, mit ihr zu tauschen. Auch Gelsomina hatte sich gewappnet: Sie trug ein riesiges Bündel von Amuletten vor der Brust, und anstelle der Pampillen aus geschnitzten Perlen baumelten fünf kleine Korallenzweige an ihren Ohrringen; von der vorsorglich geballten Faust spreizte sie den Zeigefinger und den kleinen Finger so vorbildlich ab, daß der ehrwürdige Priester Andrea de Jorio, Autor einer *Mimica degli antichi investigata nel gestire napolitano*, daran gewiß nichts auszusetzen gehabt hätte.

Ihre Hand in den Rockfalten verborgen, leuchtete die tapfere Gelsomina Monsieur d'Aspremont den Weg und sah ihn dabei mit einem scharfen, hartnäckigen, beinahe herausfordernden Blick an, in dem ein so merkwürdiger Ausdruck lag, daß der junge Mann die Augen niederschlug, worüber sich das schöne Mädchen offenbar sehr zu freuen schien.

So reglos und aufrecht, wie sie dort stand und wie eine Statue den Leuchter in die Höhe streckte, mit ihrem sich scharf gegen das Licht abzeichnenden Profil und den starren, glühenden Augen, hätte man sie für eine antike Nemesis halten können, die einen Schuldigen bestrafen will.

Als der Gast oben angekommen war und seine Schritte in der Stille verklungen waren, warf Gelsomina triumphierend den Kopf in den Nacken: »Diesem gräßlichen Herrn – möge der Heilige Januarius über ihn kommen – habe ich es aber gezeigt und ihm seinen Blick zurückgegeben; jetzt kann mir bestimmt nichts Unangenehmes mehr zustoßen.«

Paul schlief schlecht und wälzte sich im Bett; seltsame Träume quälten ihn, die mit den Gedanken zusammenhingen, die ihn den Tag über beschäftigt hatten: Er sah sich umringt von monströsen Gestalten und Fratzen voller Haß, Wut und Angst, dann lösten sich die Gestalten auf; knochige, lange, dünne Finger mit knorrigen Gelenken tauchten aus dem Dunkel auf, glühten in einem höllischen Rot, drohten ihm mit geheimnisvollen Zeichen; die Fingernägel krümmten sich zu Tigerkrallen, zu Geierklauen, näherten sich seinem Gesicht, als wollten sie ihm die Augen auskratzen. Mit äußerster Anstrengung gelang es ihm, den Händen auszuweichen, er flatterte auf Fledermausflügeln davon, aber auf die gekrümmten Klauen folgten Hirschgeweihe, Stier- und Büffelhörner, ausgebleichte Schädel von gespenstischer Lebendigkeit, die mit ihren Hörnern und Geweihen über ihn herfielen und ihn zwangen, sich ins Meer zu werfen, wo er sich an den spitzen oder gegabelten Zweigen eines

Korallenwalds den Leib blutig riß, bis ihn eine Welle zerschmettert, zerschunden und halb tot ans Ufer spülte – und wie Lord Byrons *Don Juan* sah er in seiner Bewußtlosigkeit für einen flüchtigen Moment, wie sich ein hübsches Gesicht über ihn neigte: Es war nicht Haydée, sondern Alicia, schöner noch als das imaginäre Wesen, das der Dichter geschaffen hat. Die junge Frau bemühte sich vergeblich, den Körper an Land zu ziehen, den das Meer wieder mit sich nehmen wollte, und sie suchte Hilfe bei der dunkelhäutigen Dienerin Vicè, die ihre Bitte mit grausamem Hohngelächter abschlug: Alicias Arme wurden schwach, und Paul sank in den Abgrund zurück.

Diese wirren, erschreckenden und irgendwie grauenerregenden Phantasiegebilde und andere, die noch unfaßlicher waren und an die gestaltlosen Geister erinnerten, die auf Goyas Kupferstichen aus einem dichten Dunkel auftauchen, quälten den Schläfer bis zum frühen Morgengrauen; von der Herrschaft des Körpers befreit, schien seine Seele zu ahnen, was sein waches Denken nicht begreifen konnte, und versuchte, seine Vorahnungen in der dunklen Kammer des Traums in Bilder zu fassen.

Als Paul aufstand, war er verängstigt, zerschlagen, als hätten ihn seine Träume, deren Mysterium zu durchdringen er sich fürchtete, auf die Spur eines verborgenen Unheils gebracht;

er kreiste um das verhängnisvolle Geheimnis, schloß die Augen, um nichts zu sehen, und die Ohren, um nichts zu hören; nie war er trauriger gewesen, er zweifelte sogar an Alicia; die selbstgefällige Überheblichkeit des neapolitanischen Grafen, die Liebenswürdigkeit, mit der die junge Frau ihm zuhörte, die zustimmende Miene des Commodore, das alles zog, ausgeschmückt mit tausend grausamen Einzelheiten, an seinem Auge vorüber, füllte sein Herz mit Bitterkeit und machte ihn noch schwermütiger.

Tageslicht hat den Vorzug, daß es das von den nächtlichen Visionen verursachte Unbehagen zerstreut. Smarra schlägt entrüstet mit seinen Hautflügeln und flieht, wenn der Tag seine goldenen Pfeile durch das Gewebe der Gardine ins Zimmer schießt. – Die Sonne strahlte fröhlich, der Himmel war klar, und auf dem blauen Meer funkelten Millionen Pailletten: Allmählich beruhigte sich Paul wieder und vergaß die unerfreulichen Träume, die seltsamen Eindrücke vom Vortag; nur wenn er sich wegen seiner Hirngespinste Vorwürfe machte, kamen sie ihm wieder in den Sinn.

Er unternahm einen Ausflug nach Chiaja, um sich am Anblick des überschäumenden neapolitanischen Lebens zu erfreuen. Mit ausladender Gestik und einer rasenden, im Norden unbekannten Betriebsamkeit priesen die Händler in einem seltsamen Singsang ihre Lebensmittel an, in ihrer Mundart, die er nicht verstand, da er nur Italienisch konnte; doch jedesmal, wenn er vor einer Bude stehenblieb, geriet der Händler in Aufregung, murmelte mit leiser Stimme ein paar Verwünschungen und streckte ihm den Zeigefinger und den kleinen Finger entgegen, als wollte er ihn damit erstechen; die gänzlich unerschrokkenen Weiber überhäuften ihn mit Beschimpfungen und zeigten ihm sogar die Faust.

Kapitel 8

Während ihn der Pöbel von Chiaja beschimpfte, dachte Monsieur d'Aspremont, über ihn ergieße sich ein Schwall jener derben Späße, mit denen Fischverkäufer gutgekleidete Leute beim Gang über den Markt überhäufen, doch aus allen Blicken sprach eine so heftige Abneigung, ein solch wahres Entsetzen, daß er diese Deutung gezwungenermaßen aufgab. Erneut fiel das Wort *Jettatore,* das ihm bereits im Teatro San Carlino in den Ohren geklungen hatte, und diesmal mit einem drohenden Unterton; deshalb entfernte er sich mit langsamen Schritten und richtete seinen Blick, die Ursache so großen Aufsehens, auf nichts mehr. Um der allgemeinen Aufmerksamkeit zu entgehen, drückte sich Paul an den Hauswänden entlang, bis er auf Auslagen eines Bouquinisten stieß, stehenblieb und in gebührender Haltung einige Bücher aufschlug und durchblätterte: Er kehrte den Passanten den Rücken zu und steckte seine Nase zwischen die Buchseiten, so daß sein Gesicht keinen Anlaß mehr zu Beschimpfungen gab. Einen Augenblick lang hatte er daran gedacht, dieses Gesindel mit dem Stock zu züchtigen; nur das undeutliche abergläubische Grauen, das ihn allmählich erfaßte, hielt ihn davon ab. Er erinnerte sich, daß er einmal einen unverschämten Kutscher mit dem Spazierstöckchen geschlagen, dabei an der Schläfe getroffen und auf der Stelle getötet hatte, ein ungewollter Totschlag, über den er nie hinweggekommen war. Nachdem er mehrere Bände zur Hand genommen und wieder an ihren Platz zurückgelegt hatte, stieß er auf Signore Niccolò Valettas Abhandlung über die Jettatura; der Titel strahlte ihn mit flammenden Buchstaben an, und es kam ihm vor, als hätte das Schicksal ihm das Buch dorthin gelegt; er warf dem Bouquinisten, der ihn mit einem verschmitzten Lächeln betrachtete und gleichzeitig mit den zwei oder drei schwarzen Hörnern an seiner Uhrkette klapperte, die sechs oder acht Carlini hin, die der Band kostete, eilte in sein Hotel und schloß sich in sein Zimmer ein, um mit der Lektüre zu beginnen. Sie sollte ihn aufklären und alle Unklarheiten beseitigen, die ihn seit seiner Ankunft in Neapel bedrängt hatten.

Signore Valettas Buch ist in Neapel so weit verbreitet wie *Das Geheimwissen des Albertus Magnus*, *Etteila* oder *Das Traumbuch* in Paris. Valetta legt dar, was unter Jettatura zu verstehen ist, unterrichtet den Leser, an welchen Merkmalen man sie erkennen kann und mit welchen Mitteln man sich vor ihr schützt; er teilt die Jettatori je nach Grad des Unheils, das sie anrichten, in mehrere Klassen ein und behandelt alle Fragen, die mit dieser ernsten Materie verbunden sind.

Hätte er dieses Buch in Paris gefunden, Paul d'Aspremont hätte zerstreut darin geblättert wie in einem alten Almanach voll lachhafter Geschichten, und es hätte ihn belustigt, mit welcher Ernsthaftigkeit der Autor über diese Ungereimtheiten schreibt; doch in der geistigen Verfassung, in der er sich hier fern seiner gewohnten Umgebung befand, und aufgrund einer Vielzahl kleiner Zwischenfälle zur Leichtgläubigkeit neigend, las er darin mit einem heimlichen Entsetzen wie ein Laie in einem Zauberbuch, der in die obskuren Geisterbeschwörungen und kabbalistischen Formeln, die er entziffern soll, nicht eingeweiht ist. Obwohl er keinen Versuch unternahm, sie zu durchdringen, enthüllten sich ihm die Geheimnisse der Hölle; er konnte ihnen nicht ausweichen und wurde sich nun seiner verhängnisvollen Macht bewußt: Er war ein Jettatore! Wohl oder übel mußte er sich eingestehen: Er besaß alle charakteristischen Merkmale, die Valetta beschrieb.

Bisweilen kommt es vor, daß jemand, der sich bei bester Gesundheit wähnt, durch Zufall oder Gedankenlosigkeit ein medizinisches Handbuch aufschlägt, die pathologische Beschreibung einer Krankheit liest und plötzlich merkt, daß er krank ist; von einem verhängnisvollen Licht beleuchtet, spürt er bei der Erwähnung jedes Symptoms das schmerzhafte Zucken irgendeines verborgenen Organs, einer unsichtbaren Faser in sich, von denen er bisher nichts geahnt hatte, und er wird kreidebleich, als er begreift, daß der Tod naht, den er in ferner Zukunft glaubte. – Pauls Lektüre hatte eine ähnliche Wirkung.

Er setzte sich vor einen Spiegel und betrachtete sich mit erschreckender Eindringlichkeit: Diese uneinheitliche Vollkommenheit, zusammengesetzt aus schönen Einzelheiten, die für gewöhnlich nicht vereint auftreten, ließ ihn mehr denn je wie den gefallenen Erzengel aussehen und strahlte ihn aus der dunklen Tiefe des Spiegels unheildrohend an; die Fäserchen in seiner Iris wanden sich wie zuckende Vipern; seine Augenbrauen zitterten wie der Bogen, von dem der tödliche Pfeil soeben weggeschnellt ist; seine weiße Stirnfalte erinnerte an die Spur, die ein Blitzschlag hinterläßt; aus seinem glühenden Haar schienen Höllenflammen zu züngeln; und die marmorne Blässe seiner Haut ließ jeden einzelnen dieser wahrhaft grauenerregenden Gesichtszüge noch stärker hervortreten.

Paul flößte sich selbst Angst ein: Ihm war, als schleuderte der Spiegel das Fluidum seiner Augen wie vergiftete Wurfspieße auf ihn zurück: Stellen Sie sich Medusa vor, die im falben Widerschein des Bronzeschilds ihr grauenhaftes, verzauberndes Haupt sieht.

Man mag uns vielleicht entgegenhalten, es sei wenig glaubhaft, daß ein junger Mann von Welt, der von der modernen Wissenschaft überzeugt und in einer Kultur des Skeptizismus aufgewachsen ist, ein volkstümliches Vorurteil ernst nehmen und sich einbilden könnte, das Schicksal habe ihn mit einer geheimnisvollen bösen Macht begabt. Doch, so werden wir erwidern, dem allgemeinen Denken wohnt ein Magnetismus inne, dem man nicht entgehen kann, der einen ungewollt durchdringt und gegen den ein einzelner Wille nicht immer wirksam anzukämpfen vermag: Schon manch ein Besucher Neapels, der sich über die Jettatura lustig machte, hat sich vorsichtshalber mit Hörnern gewappnet und jedes Individuum mit verdächtigem Blick angsterfüllt gemieden. Paul d'Aspremont befand sich in einer noch schlimmeren Lage: Der Fascino ging von ihm selbst aus – und jeder mied ihn oder machte, sobald er ihn sah, die schützenden Zeichen, die Signore Valetta empfiehlt. Obwohl sich sein Verstand gegen eine solche Einschätzung auflehnte, mußte er wohl oder übel einräumen, daß er alle verräterischen Merkmale der Jettatura aufwies. – Ist der Verstand auch noch so aufgeklärt, irgendwo findet sich immer ein dunkler Winkel, in dem die grauenhaften Schimären der Leichtgläubigkeit kauern und die Fledermäuse des Aberglaubens sich festklammern. Schon das Alltagsleben steckt so voller unlösbarer Probleme, daß das Unmögliche wahrscheinlich wird. Man kann alles glauben oder leugnen: Je nach Blickwinkel ist der Traum ebenso wirklich wie die Wirklichkeit.

Paul wurde von einer beispiellosen Traurigkeit ergriffen. – Er war ein Ungeheuer! – Obgleich er über das größte Einfühlungsvermögen und den liebevollsten Charakter verfügte, brachte er Unheil mit sich –; sein Blick war, ohne daß er etwas dafür konnte, vergiftet, schädlich für jeden, auf den er ihn richtete, selbst wenn es in freundlicher Absicht geschah. Er besaß das furchtbare Privileg, krankhafte Ausdünstungen, gefährliche elektrische Ströme, unheilvolle atmosphärische Einflüsse auf sich zu ziehen, zu verdichten und zu destillieren, um seine Umgebung damit zu versengen. Auf etliche Vorfälle in seinem Leben, die ihm bisher unerklärlich erschienen waren und für die er irgendwie den Zufall verantwortlich gemacht hatte, fiel jetzt ein fahles Licht: Er erinnerte sich an allerlei rätselhafte Mißgeschicke, ungeklärte Unfälle, grundlose Unglücke, zu denen er nun einen Schlüssel hatte; sonderbare Zusammenhänge schälten sich heraus und bestätigten ihn in der traurigen Erkenntnis, die er über sich selbst erlangt hatte.

Er ging sein Leben Jahr für Jahr durch, erinnerte sich an seine Mutter, die bei seiner Geburt gestorben war, an das unglückliche Ende einiger seiner Schulkameraden: Sein bester Freund war von einem Baum gestürzt, als Paul ihn beim Klettern beobachtete; von einer Kahnfahrt mit zwei Kameraden, die so fröhlich begonnen hatte, kehrte er allein zurück, nachdem der Kahn gekentert war und er unglaubliche Anstrengungen unternommen hatte, um die unglückseligen Ertrunkenen den Schlingpflanzen zu entreißen; beim Fechten verletzte er einen jungen Mann lebensgefährlich, den er sehr gemocht hatte, weil die Klinge seines Floretts kurz vor dem Knopf gebrochen war und sich in eine Degenspitze verwandelt hatte. Gewiß, für das alles gab es eine rationale Erklärung, und bisher hatte sich Paul damit begnügt, doch seit der Lektüre von Valettas Buch schien ihm das Zufällige und Unvorhergesehene dieser Ereignisse durch etwas anderes begründet zu sein: Das Verhängnis, der Fascino, die Jettatura – sie mußten an diesen Unglücksfällen mitschuldig sein. Eine solche Kette von Unglücken im Umkreis einer Person, das war nicht *natürlich*.

Ein anderer Fall aus jüngster Vergangenheit mit all seinen schrecklichen Einzelheiten fiel ihm ein und trug nicht wenig dazu bei, ihn in seinem trostlosen Glauben zu bestärken.

In London besuchte er häufig das Queen's Theatre, wo ihm die Anmut einer jungen englischen Tänzerin besonders aufgefallen war. Zwar war er von ihr nicht mehr hingerissen, als man es von einer anmutigen Gestalt eines Gemäldes oder eines Stichs sein kann, doch wenn sie mit ihren Gefährtinnen vom Corps de Ballet über die Bühne wirbelte, folgte sein Blick nur ihr; er liebte ihr sanftes und schwermütiges Gesicht, ihre zarte Blässe, die durch keinen Tanzschritt je gerötet wurde, ihr schönes, seidig schimmerndes blondes Haar, das je nach Rolle von einem Sternen- oder Blumenkranz gekrönt war, ihren in ferne Weiten versunkenen Blick, ihre jungfräulich keuschen Schultern, deren Beben er durch das Opernglas sah, ihre Beine, die nur ungern die Tüllschleier anhoben und die unter der Seide glänzten wie eine antike Marmorstatue. Jedesmal, wenn sie an der Rampe vorbeikam, grüßte er sie heimlich mit verstohlener Bewunderung oder schnappte sich sein Opernglas, um sie besser zu sehen.

Eines Abends wurde die Tänzerin vom Schwung einer Walzerdrehung fortgetragen und streifte die flackernde Feuerlinie, die im Theater die ideelle von der realen Welt trennt. Ihr wehendes Sylphengespinst flatterte wie Taubenflügel vor dem Aufsteigen. Eine weißblaue Flamme züngelte aus einer Gaslaterne und erfaßte den luftigen Stoff. Einen Augenblick später stand die junge Tänzerin in Flammen; sie tanzte einige Sekunden wie ein Irrlicht im roten Feuerschein, stürzte sich verzweifelt, wahnsinnig vor Entsetzen, in die Kulissen und wurde bei lebendigem Leib von ihrem brennenden Kleid verschlungen. – Paul war zutiefst getroffen von diesem Unglück, über das damals alle Zeitungen berichteten, und wer aus Neugier wissen will, um wen es sich handelt, findet dort ihren Namen. Aber unter seinen Kummer mischten sich keine Gewissensbisse. Er gab sich nicht die geringste Mitschuld an diesem Unfall, den er mehr als sonst jemand beklagte.

Jetzt war er freilich überzeugt davon, daß der Blick, mit dem er ihr beharrlich gefolgt war, etwas mit dem Tod dieses bezaubernden Wesens zu tun hatte. Er hielt sich für ihren Mörder; er war entsetzt über sich selbst und wünschte sich, am liebsten nie geboren zu sein.

Seine Verzweiflung löste eine heftige Gegenreaktion aus; ein nervöses Lachen überkam ihn, er schleuderte Valettas Buch zu Boden und rief: »Ich muß wirklich verblödet oder verrückt sein! Wahrscheinlich habe ich mir unter Neapels Sonne einen Sonnenstich geholt. Was würden meine Freunde im Club sagen, wenn sie erführen, daß ich mich allen Ernstes mit der trefflichen Frage herumschlage, ob ich ein Jettatore bin oder nicht!«

Paddy klopfte diskret an der Tür. – Paul öffnete, und mit der Entschuldigung, er habe leider kein Silbertablett, überreichte ihm der im Dienst sehr förmliche Groom auf dem glänzenden Leder seiner Mütze einen Brief von Miss Alicia.

Monsieur d'Aspremont brach das Siegel auf und las:

Paul,

sind Sie mir böse? – Gestern abend sind Sie nicht gekommen, und Ihr Zitronensorbet ist trübsinnig auf dem Tisch geschmolzen. Bis neun Uhr saß ich auf der Lauer und lauschte, ob nicht im unentwegten Zirpen der Grillen und dem Scheppern der Tamburine die Räder Ihres Wagens zu hören wären; als ich dann jede Hoffnung aufgeben mußte, schalt ich mit dem Commodore. Sehen Sie nur, wie gerecht Frauen sind! – Sie finden also Pulcinella mit seiner schwarzen Nase, Don Limon und Donna Pangrazia so reizvoll? Dank meiner Polizei weiß ich, daß Sie den Abend im San Carlino verbracht haben. Von den angeblich so wichtigen Briefen haben Sie keinen einzigen geschrieben. Warum geben Sie nicht schlicht und einfach zu, daß Sie auf Graf Altavilla eifersüchtig sind? Ich hätte gedacht, Sie wären sich Ihrer Sache gewisser, doch Ihre Zurückhaltung rührt mich. – Keine Sorge, Herr von Altavilla ist zu schön, und für Apollos mit Kettchen habe ich nichts übrig. Eigentlich sollte ich Ih-

nen hochmütig die kalte Schulter zeigen und Ihnen sagen, daß mir Ihre Abwesenheit nicht weiter aufgefallen sei; tatsächlich aber ist mir die Zeit recht lang geworden, ich bekam äußerst schlechte Laune, war sehr gereizt und hätte zum Beispiel Vicè beinahe geohrfeigt, als sie – ich weiß nicht, warum – lachte wie eine Irre.

A.W.

Dieser heitere und spöttische Brief holte Paul wieder ins wirkliche Leben mit seinen Gefühlen zurück. Er zog sich an, ließ den Wagen vorfahren, und bald darauf knallte die Peitsche des voltaireschen Skeptikers Scazziga den Pferden so um die Ohren, daß sie im Galopp mitten durch die immer noch dichte Menschenmenge auf dem Santa Lucia Kai über das Lavapflaster preschten.

»Was ist denn in Sie gefahren, Scazziga? Passen Sie auf, daß Sie keinen Unfall verursachen«, rief Monsieur d'Aspremont. Um ihm zu antworten, drehte sich der Kutscher abrupt um, und dabei traf ihn der Blick des ungehaltenen Fahrgasts mitten ins Gesicht. – Scazziga sah den Stein nicht, ein Vorderrad holperte darüber, und die Gewalt des Aufpralls warf ihn vom Kutschbock, doch er hielt sich an den Zügeln fest. – Behende wie ein Affe schwang er sich zurück auf seinen Sitz, mit einer hühnereigroßen Beule an der Stirn.

»Der Teufel soll mich holen, wenn ich mich noch einmal umdrehe, weil du mit mir redest!« zischte er zwischen den Zähnen. »Timberio, Falsacappa und Gelsomina hatten recht – er ist ein Jettatore! Morgen kaufe ich mir ein Paar Hörner. Vielleicht hilft es nichts, aber es kann zumindest nicht schaden.«

Dieser kleine Zwischenfall war für Paul sehr unangenehm: Er warf ihn wieder in den Teufelskreis zurück, aus dem er entkommen wollte. Jeden Tag stoßen Kutschen gegen einen Stein, fällt ein ungeschickter Kutscher vom Bock – nichts ist normaler, gewöhnlicher. Allerdings war die *Wirkung* so schnell auf die *Ursache* gefolgt, war Scazziga so haargenau in dem Moment vom Bock gestürzt, als er seinen *Blick* auf ihn gerichtet hatte, daß er von neuem die schlimmsten Befürchtungen hegte:

»Am liebsten«, dachte er, »würde ich gleich morgen dieses überspannte Land wieder verlassen, in dem das Hirn in meinem Schädel durchgeschüttelt wird wie eine vertrocknete Haselnuß in ihrer Schale. Aber Miss Ward würde mich auslachen, wenn ich ihr meine Befürchtungen anvertraute, außerdem ist das Klima von Neapel gut für ihre Gesundheit. – Ihre Gesundheit! Bevor sie mich kennenlernte, fehlte ihr nichts! Noch nie hat dieses auf dem Wasser schwebende Schwanennest, das man England nennt, ein Kind mit einer weißeren Haut, einem rosigeren Gesicht hervorgebracht! Ihre leuchtenden Augen sprühten nur so vor Lebendigkeit; ihre frischen, seidigen Wangen waren das blühende Leben, in den blauen Adern unter ihrer durchscheinenden Haut floß gesundes und reines Blut; man spürte eine anmutige Kraft in ihrer Schönheit! Wie bleich, wie mager, wie anders ist sie unter meinem Blick geworden! Wie dürr sind ihre zarten Hände jetzt! Wie sehr sind ihre lebhaften Augen von fahlen Schatten umringt! Als hätte die Schwindsucht ihre knochigen Finger um ihre Schultern gelegt. – Während meiner Abwesenheit hat sie schnell wieder Farbe bekommen; mit ihrer Brust, die der Arzt so sorgenvoll abgehorcht hatte, konnte sie wieder gelöst atmen; frei von meinem verderblichen Einfluß, würde sie sich bestimmt eines langen Lebens erfreuen. – Bin nicht ich es, der sie tötet? – Wurde sie nicht letzthin abends, als ich bei ihr war, von einem so heftigen Schmerz erfaßt, daß alle Farbe von ihren Wangen wich wie unter dem kalten Hauch des Todes? – Bewirke nicht ich, ohne es zu wollen, die Jettatura bei ihr? – Aber vielleicht ist überhaupt nichts Unnatürliches dabei. – Viele junge Engländerinnen haben eine Veranlagung zu Lungenkrankheiten.«

Diese Gedanken gingen Paul d'Aspremont während der Fahrt durch den Kopf. Als er die

Terrasse betrat, auf der Miss Ward und der Commodore sich für gewöhnlich aufhielten, hingen die riesigen Stierhörner, das Geschenk des Grafen von Altavilla, an einem Platz, an dem die beiden gekrümmten, marmorierten Sicheln nicht zu übersehen waren. Als er sah, daß Paul sie bemerkte, lief der Commodore blau an: Das war seine Art, rot zu werden, denn er hatte, weniger taktvoll als seine Nichte, Vicès Ergüssen Gehör geschenkt …

Mit einer Handbewegung, die ihre ganze Verachtung ausdrückte, bedeutete Alicia der Dienerin, sie solle die Hörner wegtragen, und richtete ihre schönen Augen voller Liebe, Mut und Vertrauen auf Paul.

»Lassen Sie sie«, sagte Paul zu Vicè, »sie machen sich sehr gut dort.«

Kapitel 9

Pauls Bemerkung zu den Hörnern, die Graf Altavilla geschickt hatte, schien dem Commodore zu gefallen; Vicè lächelte und zeigte ihre Zahnreihen mit den spitzen Eckzähnen, die einzeln aufragten und in einem grimmigen Weiß blitzten; mit einem raschen Augenaufschlag richtete Alicia einen fragenden Blick an ihren Freund, erhielt jedoch keine Antwort.

Eine peinliche Stille entstand.

Die ersten Minuten eines Besuchs, und sei es ein freundschaftlicher, zwangloser, ein erwarteter und sich täglich wiederholender Besuch, sind meistens von Verlegenheit geprägt. Selbst wenn man sich nur für wenige Stunden getrennt hat, ist in der Zwischenzeit um jeden wieder eine unsichtbare Aura entstanden, die auch mit großer Herzlichkeit nicht leicht zu überwinden ist. Als ob man vor einer vollkommen durchsichtigen Glasscheibe stünde, die den Blick auf die dahinterliegende Landschaft freigibt, aber nicht die kleinste Mücke durchläßt. Man sieht das Hindernis nicht, und dennoch spürt man es.

Von weltgewandten Umgangsformen verschleiert, plagte ein und derselbe Hintergedanke die drei, die normalerweise ein unbeschwert plauderndes Grüppchen bildeten. Der Commodore drehte mechanisch Däumchen; Monsieur d'Aspremont starrte hartnäckig wie ein Naturforscher, der versucht, eine unbekannte Art durch einen Knochensplitter zu klassifizieren, auf die blanken, dunklen Spitzen der Hörner, die Vicè nicht hatte entfernen dürfen; Alicia stocherte mit dem Finger in der Schleife des breiten Bandes, das als Gürtel ihres Mousselinekleids diente, und tat, als würde sie den Knoten anziehen.

Mit der fröhlichen Unbeschwertheit junger Engländerinnen, die nach ihrer Heirat doch wieder so bescheiden und zurückhaltend werden, brach Miss Ward schließlich als erste das Eis.

»Seit einiger Zeit sind Sie gar nicht mehr so liebenswürdig, Paul. Ist Ihre Höflichkeit vielleicht ein Gewächs aus dem Kalthaus, das nur in England gedeiht und von den hohen Temperaturen des hiesigen Klimas an seiner Entfaltung gehindert wird? Dabei waren Sie in unserem Cottage in Lincolnshire so aufmerksam und zuvorkommend, Sie lasen mir jeden Wunsch von den Augen ab! Sie kamen offenherzig auf mich zu, waren aufrichtig, tadellos frisiert, bereit, vor Ihrer Angebeteten niederzuknien – ganz so, wie man Liebende auf den Vignetten von Romanen darstellt.«

»Ich liebe Sie noch immer, Alicia«, antwortete Paul d'Aspremont mit belegter Stimme, ohne jedoch die Augen von den Hörnern abzuwenden, die an einer der antiken, das Dach aus Weinlaub stützenden Säulen hingen.

»Sie sagen das mit einer so traurigen Stimme, daß man schon sehr selbstgefällig sein müßte, um es zu glauben«, fuhr Miss Ward fort. »Ich denke, was Ihnen gefallen hat, war mein blasses Gesicht, meine durchscheinende Haut, meine ossianische und ätherische Anmut; mein Leiden gab mir einen gewissen romantischen Reiz, den ich nun eingebüßt habe.«

»Alicia! Nie waren Sie schöner.«

»Worte, Worte, Worte, wie Shakespeare sagt. Ich bin so schön, daß Sie mich keines Blikkes würdigen.«

Tatsächlich hatte Monsieur d'Aspremont die junge Frau noch kein einziges Mal angesehen.

»Ich sehe wohl«, stieß sie mit einem komischen, theatralisch langen Seufzer hervor, »daß aus mir eine rundliche, kräftige Bäuerin geworden ist, das blühende Leben mit viel Farbe im Gesicht und roten Backen, ohne jede Noblesse, ungeeignet für den Ball bei *Almack's* oder ein Schönheitsalbum, in dem mich nur ein Blatt Seidenpapier von einem bewundernden Sonett trennen würde.«

»Anscheinend finden Sie Vergnügen daran, sich herabzusetzen, Miss Ward«, sagte Paul mit gesenkten Lidern.

»Sie sollten mir lieber frei heraus gestehen, daß ich schrecklich aussehe. – Das ist auch Ihre Schuld, Commodore. Mit Ihren Hühnerflügeln, Kalbskoteletts, Rinderfilets und kanarischen Weinen, mit den Ausritten, Bädern im Meer und Turnübungen haben Sie für diese verhängnisvolle bürgerliche Gesundheit gesorgt, die Monsieur d'Aspremont alle poetischen Illusionen raubt.«

»Sie quälen Monsieur d'Aspremont und spotten über mich«, sagte der Commodore, da er angesprochen wurde, »aber ein Rinderfilet ist gewiß lebenswichtig, und ein Gläschen Wein von den Kanaren hat noch niemandem geschadet.«

»Armer Paul, was für eine Enttäuschung! Sie verlassen eine Nixe, eine Elfe, eine Willi, und treffen bei Ihrer Rückkehr eine, wie Ärzte und Eltern sagen würden, wohlproportionierte junge Frau an! – Aber hören Sie mir wenigstens zu, wenn Sie schon nicht mehr den Mut haben, mich anzusehen. – Ich wiege sieben Unzen mehr als bei der Abreise aus England.«

»Acht Unzen!« unterbrach sie der Commodore, stolz darauf, Alicia so gut gepflegt zu haben wie die zärtlichste Mutter.

»Sollten es tatsächlich genau acht Unzen sein? Böser Onkel, Sie wollen Monsieur d'Aspremont wohl ein für allemal verprellen?« spottete Alicia und spielte die Verzagte.

Während ihn die junge Frau mit ihrem Geplänkel provozierte, das sie sich ohne triftige Gründe ihrem Verlobten gegenüber sonst nicht erlaubt hätte, richtete Monsieur d'Aspremont, ein Gefangener seiner fixen Idee und entschlossen, Miss Ward durch seinen unheilvollen Blick nicht zu schaden, seine Augen starr auf die schützenden Hörner oder ließ sie ziellos über das endlos weite Blau schweifen, das sich unterhalb der Terrasse auftat.

Er fragte sich, ob es nicht seine Pflicht sei, Alicia zu fliehen und sein Leben auf einer einsamen Insel zu beschließen, mochte man ihn auch für einen treu- und ehrlosen Mann halten, denn dort könnte sein Blick zumindest keinen Schaden mehr anrichten, da er auf kein menschliches Antlitz mehr treffen würde.

»Ich weiß schon, was Sie so finster und ernsthaft macht«, scherzte Alicia weiter, »bis zu unserer Hochzeit ist es noch einen Monat hin, aber bei der Vorstellung, eine reizlose Bäuerin zu heiraten, der jede Eleganz abhanden gekommen ist, scheuen Sie zurück. Ich entbinde Sie von Ihrem Versprechen: Dann können Sie meine Freundin, Miss Sarah Templeton, heiraten, die *mixed pickles* ißt und Essig trinkt, um schlank zu bleiben!«

Bei diesem Gedanken mußte sie lachen wie ein kleines Mädchen, silberhell und klar. Der Commodore und Paul schlossen sich ihr aus vollem Herzen an.

Als die letzte Salve ihres nervösen Lachanfalls verklungen war, ging sie zu Paul d'Aspremont, nahm ihn an der Hand, führte ihn zum Flügel, der in einer Ecke der Terrasse stand, und während sie das Notenheft auf dem Notenständer aufschlug, sagte sie zu ihm:

»Mein lieber Freund, Ihnen ist heute nicht zum Plaudern zumute, aber ›was sich zu sagen nicht lohnt, das singt man eben‹, übernehmen Sie also die Begleitung in diesem Duettino, es ist nicht weiter schwierig, denn es sind fast nur gebrochene Akkorde.«

Paul setzte sich auf den Klavierstuhl, und Miss Alicia stellte sich neben ihn, so daß sie die Noten auf der Partitur lesen konnte. Der Commodore neigte den Kopf nach hinten, streckte die Beine aus und nahm vorausschauend eine schwelgerische Haltung ein, denn er gefiel sich in der Rolle des Dilettanten und behauptete, für sein Leben gern Musik zu hören, doch beim sechsten Takt schlief er bereits den Schlaf der Gerechten, einen Schlaf, den er trotz der Sticheleien seiner Nichte hartnäckig für eine Verzückung ausgab – wenngleich er bisweilen zu schnarchen pflegte, was kaum auf ein ekstatisches Entzücken hindeutete.

Das Duettino auf einen Text von Metastasio hatte eine lebhafte, beschwingte Melodie nach der Art Cimarosas, und wir könnten es nicht besser beschreiben als durch den Vergleich mit einem Schmetterling, der auf einem Sonnenstrahl hin und her flattert.

Die Musik hat die Macht, die bösen Geister zu vertreiben: Nach wenigen Phrasen dachte Paul nicht mehr an Beschwörungsgesten, Zauberhörner, Korallenamulette, er hatte Signore Valettas schreckliches Buch und alle Phantastereien von der Jettatura vergessen. Mit Alicias Stimme schwang sich seine Seele fröhlich auf in eine reine, strahlende Höhe.

Die Zikaden verstummten, als wollten sie zuhören, und die Brise, die sich gerade vom Meer erhoben hatte, trug die Klänge und die Blütenblätter mit sich fort, die von den Vasen auf der Terrassenbrüstung heruntergefallen waren.

»Mein Onkel schläft wie die Siebenschläfer in ihrer Höhle. Würden wir seine Gewohnheiten nicht kennen, hätten wir allen Grund, uns in unserem Virtuosenstolz verletzt zu fühlen«, sagte Alicia und klappte das Notenheft zu. »Wollen Sie nicht, solange er schläft, einen Spaziergang mit mir machen, Paul? Ich habe Ihnen mein Paradies noch gar nicht gezeigt.«

Und sie nahm einen breiten Florentiner Strohhut, der mit seinem Band an einer der Säulen an einem Nagel hing.

Im Gartenbau vertrat Alicia äußerst seltsame Grundsätze: Sie wollte weder Blumen gepflückt noch Äste beschnitten haben, und der Zauber dieser Villa lag für sie, wir haben es bereits gesagt, in dem wilden, unberührten Garten.

Die jungen Leute bahnten sich einen Weg durch das Dickicht, das sich hinter ihnen gleich wieder schloß. Alicia ging voraus und lachte, als sie sah, wie Paul die Oleanderzweige ins Gesicht schlugen, die sie zur Seite bog. Sie war kaum zwanzig Schritte gegangen, da griff ein Zweig mit seiner grünen Hand nach ihrem Strohhut, als wollte sich die Pflanzenwelt einen Scherz erlauben, und hob ihn so hoch, daß Paul ihn nicht mehr erreichen konnte.

Zum Glück war das Laub sehr dicht, die Sonne drang kaum durch das Astwerk und malte nur wenige Goldzechinen in den Sand.

»Hierher ziehe ich mich am liebsten zurück«, sagte Alicia und zeigte Paul einen Felsbrocken mit malerischen Einschnitten, der geschützt in einem Dickicht von Orangen- und Zitronenbäumen, Mastix- und Myrtensträuchern lag.

Sie setzte sich in eine Furche, die wie ein Sitz in das Gestein geschnitten war, und forderte Paul mit einer Geste auf, sich auf das dicke, trokkene Moos zu knien, das den Boden vor dem Fels bedeckte.

»Geben Sie mir Ihre Hände, und sehen Sie mich an. In einem Monat werde ich Ihre Frau sein. Warum weichen Sie meinem Blick aus?«

Tatsächlich hatten die Jettatura-Phantastereien Paul wieder eingeholt, und er wendete den Blick ab.

»Fürchten Sie etwa, einen ungebührlichen oder sündigen Gedanken darin zu lesen? Sie wissen doch, ich bin die Ihre seit dem Tag, als Sie meinem Onkel im Besucherzimmer von Richmond Ihr Empfehlungsschreiben übergeben haben. Ich bin vom Stamm jener zartfühlenden, romantischen und stolzen Engländerinnen, die sich nur einmal, und zwar für das ganze Leben – und vielleicht auch noch länger – verlieben, und wer lieben kann, weiß auch zu sterben. Schauen Sie mir tief in die Augen, ich will es so! Schlagen Sie Ihre Augenlider nicht nieder, und wenden Sie sich nicht ab, sonst könnte ich noch denken, ein Gentleman, der einzig und allein Gott fürchten sollte, lasse sich von einem niederträchtigen Aberglauben schrecken. Richten Sie Ihren Blick auf mich, den Sie für so grauenhaft halten und der mir, da ich Ihre Liebe darin sehe, so teuer ist, und prüfen Sie, ob Sie mich noch hübsch genug finden, um mit mir nach unserer Heirat in offener Kalesche durch den Hyde Park zu fahren.«

Tief bewegt sah Paul Alicia an mit einem Blick voller Leidenschaft und Bewunderung. – Plötzlich erblaßte die junge Frau; ein stechender Schmerz durchbohrte ihre Brust wie ein eiserner Pfeil: Es war, als ob eine Ader in ihrem Innersten zerrisse, und schnell führte sie ein Taschentuch an ihre Lippen. Ein roter Tropfen befleckte den zarten Batist, den Alicia rasch wieder zusammenfaltete.

»Oh! Danke, Paul, Sie haben mich sehr glücklich gemacht, ich dachte schon, Sie würden mich nicht mehr lieben!«

Kapitel 10

Alicia konnte ihr Taschentuch nicht so schnell verbergen, daß Monsieur d'Aspremont es nicht doch bemerkte; eine entsetzliche Blässe trat auf Pauls Gesicht, denn er hatte soeben einen unwiderlegbaren Beweis für seine unheilvolle Macht erhalten; sogar der Gedanke an Selbstmord kam ihm: War es nicht seine Pflicht, das verderbliche Wesen, das er war, zu vernichten und den unfreiwilligen Verursacher so vielen Unheils zu beseitigen? Er hätte die härtesten Prüfungen auf sich genommen und die Last des Lebens furchtlos getragen, aber dem Menschen den Tod zu bringen, den er am meisten liebte auf der Welt, übertraf nicht dieses Grauen alles?

Die heldenmütige junge Frau hatte sich den Schmerz nicht anmerken lassen, der Pauls Blick gefolgt und in eigenartiger Übereinstimmung mit den Ansichten Graf Altavillas aufgetreten war. – Ein weniger beherrschter Geist hätte sich über diesen, wenn nicht übernatürlichen, so zumindest schwer erklärbaren Zusammenhang entsetzt; Alicia allerdings war, wie schon erwähnt, festen Glaubens, aber kein bißchen abergläubisch. Mit unerschütterlichem Vertrauen in die Gebote wies sie alle Geschichten über geheimnisvolle Kräfte als Ammenmärchen von sich und spottete über die tief im Volksglauben verwurzelten Vorurteile. – Selbst wenn sie eingeräumt hätte, daß es die Jettatura gab, und sie ihre untrüglichen Anzeichen bei Paul entdeckt hätte, ihr zärtliches und stolzes Herz hätte keine Sekunde gezögert. – An Pauls Verhalten hätte auch die empfindlichste Seele nichts auszusetzen gefunden, und Miss Ward wäre lieber tot umgefallen unter seinem angeblich so unheilvollen Blick, als daß sie einer Liebe entsagt hätte, die sie mit Zustimmung ihres Onkels erwiderte und die bald durch ihre Heirat gekrönt werden sollte. Mit ihrer lauteren Unerschrockenheit, ihrer jungfräulichen Beherztheit glich Miss Alicia Ward ein wenig den Heldinnen Shakespeares, deren plötzliche Liebe nicht weniger rein und treu ist und die sich in einer Minute für immer binden. Ihre Hand hatte Pauls Hand gedrückt, und kein anderer Mann dürfte je wieder ihre Hand umschließen. Sie betrachtete sich bereits als fest gebunden, und für ihr Schamgefühl wäre der bloße Gedanken, an eine andere Vermählung Grund zur Entrüstung.

Sie zeigte so viel echte oder gut gespielte Fröhlichkeit, daß sie den aufmerksamsten Beobachter getäuscht hätte, und nachdem sie dem noch immer vor ihr knienden Paul aufgeholfen hatte, führte sie ihn über die von Blumen und

Pflanzen versperrten Wege ihres verwilderten Gartens bis zu einer Stelle, wo sich das üppige Grün teilte und den Blick aufs Meer freigab, das wie in einem Traum in seiner blauen Unendlichkeit vor ihnen lag. – Diese strahlende Heiterkeit verscheuchte Pauls düstere Gedanken. Alicia stützte sich mit vertrauensseliger Hingabe auf den Arm des jungen Mannes, als ob sie schon seine Frau wäre. Durch diese lautere und stumme Zärtlichkeit, die bei jeder anderen bedeutungslos gewesen wäre, bei ihr aber von entscheidender Bedeutung war, vertraute sie sich ihm noch rückhaltloser an, nahm ihm seine schrecklichen Ängste und gab ihm zu verstehen, wie gering sie die Gefahren schätzte, die ihr angeblich drohten. Wenngleich sie zuerst Vicè und dann ihrem Onkel zu schweigen befohlen hatte und auch Graf Altavilla keinen Namen nannte, als er ihr empfahl, sich vor schädlichem Einfluß zu schützen, so hatte sie doch rasch begriffen, daß es um Paul d'Aspremont ging; die dunklen Andeutungen des schönen Neapolitaners konnten sich nur auf den jungen Franzosen beziehen. Zudem hatte sie bemerkt, daß Paul dem in Neapel so weit verbreiteten Vorurteil nachgegeben hatte, das jeden Menschen mit einem etwas eigenartigen Gesicht zu einem Jettatore abstempelte, daß er in einem Anflug unbegreiflichen Kleinmuts dachte, er habe den Fascino, und aus Angst, ihr durch seinen Blick zu schaden, voller Liebe seine Augen von ihr abwandte; um den Anfängen dieser fixen Idee zu wehren, hatte sie die soeben beschriebene Szene herbeigeführt, deren Ergebnis ihre Absicht zunichte machte, denn in der Folge verstrickte sich Paul mehr denn je in seinen verhängnisvollen Wahnvorstellungen.

Die beiden Liebenden kehrten auf die Terrasse zurück, wo der Commodore nach wie vor die Musik genoß und von der Melodie getragen in seinem Rattansessel schlummerte. – Paul verabschiedete sich, und Miss Ward ahmte scherzhaft den neapolitanischen Abschiedsgruß nach, warf ihm mit den Fingerspitzen einen kaum wahrnehmbaren Kuß zu und flötete ihm mit einer Stimme voller Zärtlichkeit hinterher: »Dann bis morgen, Paul, nicht wahr?«

Alicia war in diesem Augenblick von strahlender, geradezu beunruhigender, fast übernatürlicher Schönheit, was ihrem Onkel, der bei Pauls Abschied aus dem Schlaf hochgeschreckt war, nicht entging. – Das Weiße in ihren Augen glänzte in einem silbrigen Ton und ließ ihre Pupillen funkeln wie Sterne in einer klaren Nacht, über den Wangenknochen glühten ihre Backen in einem vorbildlichen Rosa, das so rein, so himmlisch war, daß es kein Maler je auf seiner Palette haben wird; ihre Schläfen waren durchscheinend wie ein Achat, und ein Netz feinster blauer Adern durchzog sie, und ihr ganzer Körper schien zu erstrahlen, als träte ihre Seele aus ihm hervor.

»Wie schön Sie heute sind, Alicia!« sagte der Commodore.

»Sie verderben mich noch, lieber Onkel, und wenn ich nicht das eingebildetste Mädchen der drei Königreiche geworden bin, so liegt es bestimmt nicht an Ihnen. Zum Glück gebe ich nicht viel auf Schmeicheleien, selbst wenn sie uneigennützig sind.«

»Schön, gefährlich schön«, fuhr der Commodore in Gedanken fort, »sie erinnert mich mit jedem Zug an die arme Nancy, ihre Mutter, die mit neunzehn Jahren starb. Solche Engel bleiben nicht lange auf Erden: Es ist, als ob ein Hauch sie fortwehen würde, als schlügen unsichtbare Flügel an ihren Schultern; sie sind zu weiß, zu rosig, zu rein, zu vollkommen, diesen Frauen fehlt das kräftige, rote Blut des Lebens. Gott, der sie der Welt für kurze Zeit geschenkt hat, beeilt sich, sie wieder zu sich zu holen. Diese blühende Schönheit stimmt mich traurig wie ein Abschied.«

»Nun, lieber Onkel«, nahm Miss Ward das Gespräch wieder auf, als sie sah, daß sich die Stirn des Commodore verdunkelte, »wenn ich denn so schön bin, wird es höchste Zeit, mich zu verheiraten: Kranz und Schleier werden mir gut stehen.«

»Sie verheiraten! Haben Sie es denn so eilig, Ihre alte Rothaut, Ihren Onkel zu verlassen?«

»Niemand wird Sie deshalb verlassen; waren wir uns nicht mit Monsieur d'Aspremont einig, daß wir zusammenbleiben? Sie wissen genau, daß ich ohne Sie nicht leben könnte.«

»Monsieur d'Aspremont! Monsieur d'Aspremont! … Noch hat die Hochzeit nicht stattgefunden.«

»Hat er nicht Ihr Wort … und meines? – Sir Joshua Ward würde niemals sein Wort brechen.«

»Er hat mein Wort, soviel steht fest«, offenbarte der Commodore seine Verlegenheit.

»Und ist die Frist von sechs Monaten, die Sie festlegten, nicht seit ein paar Tagen … abgelaufen?« fragte Alicia, deren keusche Wangen noch mehr glühten, denn vor dieser Unterhaltung, so notwendig sie angesichts der Lage der Dinge war, schreckte ihr zartbesaitetes Wesen zurück.

»Ach, meine Kleine, du hast die Monate gezählt; dabei tun die kleinen Mädchen immer so, als könnten sie kein Wässerchen trüben.«

»Ich liebe Monsieur d'Aspremont«, erwiderte die junge Frau sehr ernst.

»Da liegt ja der Hase im Pfeffer«, seufzte Sir Joshua Ward, der sich, von den Warnungen Vicès und Altavillas angesteckt, ein wenig Sorgen darüber machte, einen Jettatore zum Schwiegerneffen zu bekommen. »Wenn du doch einen anderen lieben würdest!«

»Ich habe keine zwei Herzen«, sagte Alicia, »und ich werde nur einmal lieben, müßte ich auch, wie meine Mutter, mit neunzehn Jahren sterben.«

»Sterben! Ich bitte Sie, nehmen Sie nicht solch schlimme Worte in den Mund«, rief der Commodore.

»Haben Sie Monsieur d'Aspremont irgend etwas vorzuwerfen?«

»Nein, nicht das geringste.«

»Hat er sich in irgendeiner Weise unehrenhaft benommen? Hat er sich auch nur einmal als feige, unwürdig, verlogen oder hinterhältig erwiesen? Hat er jemals eine Frau beleidigt oder ist er je vor einem Mann zurückgewichen? Ist sein Ansehen durch irgendein Geheimnis beschmutzt? Müßte eine junge Frau an seiner Seite erröten oder ihre Blicke senken?«

»Monsieur d'Aspremont ist ein untadeliger Gentleman. An seiner Ehrbarkeit gibt es nichts auszusetzen.«

»Glauben Sie mir, lieber Onkel, wenn es einen Grund dafür gäbe, würde ich mich von Monsieur d'Aspremont auf der Stelle lossagen und mich unerreichbar an irgendeinem abgeschiedenen Ort vergraben; aber sonst kann mich nichts, hören Sie, rein gar nichts davon abhalten, ein heiliges Versprechen einzulösen«, sagte Miss Alicia Ward mit sanfter, aber fester Stimme.

Der Commodore drehte Däumchen, seine übliche Geste, wenn er nicht weiterwußte, und versuchte Haltung zu bewahren.

»Warum zeigen Sie sich auf einmal so kühl gegenüber Paul?« fragte Miss Ward weiter. »Früher waren Sie ihm sehr zugeneigt; als er in unserem Cottage zu Besuch war, konnten Sie nicht mehr ohne ihn auskommen, und wenn Sie ihm die Hand gaben und sie ihm dabei fast zerquetschten, versicherten Sie ihm, was für ein ehrenwerter junger Mann er sei, dem Sie gerne das Glück eines jungen Mädchens anvertrauen würden.«

»Ja gewiß, ich mochte den guten Paul sehr«, sagte der Commodore, den diese im rechten Augenblick geweckten Erinnerungen rührten, »aber was in den englischen Nebeln dunkel blieb, zeigt sich doch klar unter Neapels Sonne ...«

»Was wollen Sie damit sagen?« Alicias Stimme bebte, und plötzlich war jede Farbe von ihr gewichen, und sie sah so bleich aus wie die Alabasterstatue auf einem Grab.

»Daß dein Paul ein Jettatore ist!«

»Wie bitte? Sie, lieber Onkel! Sie, Sir Joshua Ward, ein Ehrenmann, aufrechter Christ, Untertan Ihrer Majestät, der britischen Königin, ehemaliger Offizier der englischen Flotte, ein aufgeklärter und gebildeter Mann, den man in allen Angelegenheiten um Rat fragen würde, Sie mit Ihrem Wissen und Ihrer Klugheit, der Sie jeden Abend in der Bibel und in den Evangelien lesen, Sie scheuen sich nicht, Paul der Jettatura zu bezichtigen! Oh! Das hätte ich nicht von Ihnen gedacht!«

»Meine liebe Alicia«, antwortete der Commodore, »solange es nicht um Sie geht, bin ich vielleicht alles, was Sie da aufgezählt haben, aber wenn Ihnen Gefahr droht, und sei sie nur eingebildet, werde ich abergläubischer als ein Bauer aus den Abruzzen, ein Lazzarone von der Mole, ein Ostricajo aus Chiaja, eine Magd der Terre di Lavoro oder ein Graf aus Neapel. Meinetwegen kann mich Paul mit seinen Augen, deren Blickrichtungen sich kreuzen, ins Visier nehmen, soviel er will, ich werde so ruhig bleiben wie vor einer Degenspitze oder dem Lauf einer Pistole. In meine von der Sonne aller Herren Länder gegerbte, verbrannte und gerötete Haut kann der Fascino nicht eindringen. Nur bei Ihnen, liebe Nichte, neige ich zur Leichtgläubigkeit, und ich muß zugeben, daß mir der kalte Schweiß auf die Stirn tritt, wenn sich der Blick dieses unseligen Jungen auf Sie richtet. Ich weiß, er hat keine bösen Absichten und er liebt sie mehr als sein eigenes Leben, aber es kommt mir so vor, als veränderten sich Ihre Gesichtszüge unter seinen

Blicken, als verblaßten Ihre Farben, als versuchten Sie, einen heftigen Schmerz zu unterdrücken. Und dann packt mich eine unbändige Lust, Ihrem werten Paul d'Aspremont mit den Spitzen von Altavillas Hörnern die Augen auszustechen.«

»Armer Onkel«, sagte Alicia, vom heftigen Ausbruch des Commodore gerührt, »unser Leben liegt in Gottes Händen: Kein Fürst stirbt in seinem Paradekissen und kein Sperling auf dem Dachfirst, solange ihr letztes Stündchen dort oben nicht vermerkt ist. Daran kann auch der Fascino nichts ändern, und es ist eine Gottlosigkeit zu glauben, ein mehr oder weniger schielender Blick könne dies beeinflussen. Wie Sie sehen, Nonkel«, fuhr sie mit dem üblichen Kosewort des Narren im *König Lear* fort, »können Sie vorhin gar nicht ernsthaft geredet haben; Ihre Liebe für mich hat Ihr sonst so klares Urteilsvermögen getrübt. Und gewiß werden Sie es nicht wagen, Monsieur Paul d'Aspremont mitzuteilen, daß Sie ihm die Hand Ihrer Nichte, die Sie selbst in seine gelegt haben, wieder entziehen und ihn unter dem fadenscheinigen Vorwand, er sei ein … Jettatore, nicht mehr als Schwiegerneffen wollen!«

»Bei Joshua, meinem Namenspatron, der die Sonne angehalten hat«, schimpfte der Commodore, »ich werde diesem hübschen Monsieur Paul unverblümt meine Meinung sagen. Und solange es um Ihre Gesundheit, ja, vielleicht um Ihr Leben geht, ist es mir egal, wie lächerlich, unsinnig oder sogar unredlich ich bin! Ich stehe bei einem Mann im Wort und nicht bei einem Zauberer. Ich habe ein Versprechen gegeben, meinetwegen, aber dann breche ich es jetzt eben; und wenn es ihm nicht paßt, werde ich ihn schon zur Rechenschaft ziehen.«

Der Commodore war so aufgebracht, daß er aufsprang, ohne auf den stechenden Gichtschmerz in seinen Zehen zu achten.

»Das werden Sie nicht tun, Sir Joshua Ward«, sagte Alicia ganz ruhig und würdevoll.

Völlig außer Atem ließ sich der Commodore wieder in seinen Rattansessel fallen und schwieg.

»Nun, lieber Onkel, selbst wenn diese verabscheuenswürdige und dumme Anschuldigung stimmen würde, wäre es denn ein Grund, Monsieur d'Aspremont abzuweisen und aus seinem Unglück ein Verbrechen zu machen? Hatten Sie nicht selbst eingeräumt, daß das Unheil, das er bewirken könnte, nicht willentlich von ihm ausgeht und daß es nie eine liebevollere, großmütigere und edlere Seele gegeben hat?«

»Man heiratet keine Vampire, wie edel ihre Absichten auch sein mögen«, antwortete der Commodore.

»Aber das sind doch alles Schimären, Hirngespinste, Aberglauben; wahr ist leider, daß Paul von diesen Verrücktheiten angesteckt ist, daß er sie ernst nimmt; er hat einen gewaltigen Schreck bekommen, hat Wahnvorstellungen, er glaubt selbst an seine unheilvolle Macht und hat Angst vor sich selbst; jeder kleine Zwischenfall, den er früher nicht bemerkt hätte und für den er heute sich verantwortlich macht, bestätigt ihn in dieser Überzeugung. Ist es da nicht an mir, die ich seine Frau vor Gott bin und – mit Ihrem Segen, lieber Onkel – bald auch vor den Menschen, seine überreizte Einbildungskraft zu beruhigen, diese nutzlosen Geister zu verjagen, durch offenkundige und echte Selbstsicherheit diese Verstörung, die Schwester der Monomanie, zu beseitigen und diese verwirrte Seele, diesen bezaubernden, aber gefährdeten Geist durch unser gemeinsames Glück zu retten?«

»Sie haben ja völlig recht, Miss Ward«, sagte der Commodore, »und ich, den Sie klug genannt haben, bin nur ein alter Tor. Ich glaube, diese Vicè ist eine Hexe, sie hat mir den Kopf verdreht mit all diesen Geschichten. Jetzt kommen mir Graf Altavillas Hörner und sein ganzer kabbalistischer Plunder recht lächerlich vor. Wahrscheinlich ist es eine ausgeklügelte List, mit der er Paul aus dem Feld schlagen will, um dich selbst zu heiraten.«

»Möglicherweise meint Graf Altavilla es ehrlich«, sagte Miss Ward mit einem Lächeln. –

»Vorhin teilten Sie noch seine Ansichten über die Jettatura.«

»Nützen Sie Ihre Überlegenheit nicht zu sehr aus, Miss Alicia. Zumal ich mich von meinem Irrtum noch nicht gänzlich erholt habe und ein Rückfall nicht ausgeschlossen ist. Das beste wäre, Neapel mit dem nächsten Dampfschiff zu verlassen und in aller Ruhe nach England zurückzukehren. Wenn Paul diese Stierhörner, Hirschgeweihe, ausgestreckten Fingerspitzen, Korallenamulette und sonstiges Teufelszeug nicht mehr vor Augen hat, wird sich seine Phantasie schnell beruhigen, und ich werde das Gefasel vergessen, das mich beinahe zu einem Wortbruch und zu einer Tat verleitet hätte, die eines Ehrenmannes unwürdig gewesen wäre. – Sie werden Paul heiraten, so ist es abgemacht. Sie überlassen mir den Empfangsraum und das Zimmer im Erdgeschoß unseres Hauses in Richmond und den achteckigen Turm im Schloß von Lincolnshire, und wir leben glücklich zusammen. Sollte Ihre Gesundheit ein wärmeres Klima erfordern, mieten wir ein Landhaus in der Gegend von Tours oder auch bei Cannes, wo Lord Brougham ein schönes Landgut besitzt und, Gott sei Dank, niemand diese verfluchten abergläubischen Geschichten von der Jettatura kennt. Was halten Sie von meinem Plan, Alicia?«

»Sie brauchen meine Zustimmung nicht, bin ich denn nicht die folgsamste aller Nichten?«

»Sicher, solange ich tue, was Sie wollen, kleine Schelmin!« sagte der Commodore lächelnd, stand auf und ging in sein Zimmer.

Alicia blieb noch einige Minuten auf der Terrasse; aber ob nun diese Auseinandersetzung zu der fiebrigen Erregung bei der jungen Frau geführt oder ihr doch Pauls Einfluß geschadet hatte, wie der Commodore befürchtete, das laue Lüftchen, das über ihre nur mit einem hauchdünnen Schleier bedeckten Schultern strich, kam ihr eisig kalt vor, und als sie sich am Abend unwohl fühlte, bat sie Vicè, eine jener bunten Patchwork-Decken aus Venedig über ihre kalten und marmorweißen Füße zu legen.

Währenddessen funkelten die Leuchtkäfer im Gras, zirpten die Grillen, und der große gelbe Mond ging in einem Dunstschleier am Himmel auf.

Kapitel 11

Am nächsten Tag nippte Alicia, die nicht gut geschlafen hatte, nur ein wenig an dem Getränk, das Vicè ihr jeden Morgen brachte, und stellte es dann kraftlos auf den kleinen Tisch an ihrem Bett. Nicht daß sie Schmerzen gehabt hätte, aber sie fühlte sich wie gerädert; es war eher die Bürde des Lebens als eine Krankheit, und sie wäre wohl kaum imstande gewesen, einem Arzt die Symptome zu schildern. Sie bat Vicè um einen Spiegel, denn eine junge Frau sorgt sich mehr darum, ob die Beschwerden ihre Schönheit beeinträchtigen, als um die Beschwerden selbst. Sie war kreidebleich; nur zwei kleine Flecken schwammen auf dieser Blässe wie zwei Blütenblätter, die von einer bengalischen Rose in eine Schale Milch gefallen sind. Von den letzten Flammen des Fiebers entzündet, glänzten ihre Augen ungewöhnlich stark, aber das Kirschrot ihrer Lippen war verblaßt, und damit sie wieder mehr Farbe bekamen, biß sie sich mit ihren kleinen Perlmuttzähnen auf die Lippen.

Sie stand auf, hüllte sich in einen weißen Kaschmirmorgenrock, wickelte sich einen Schal aus Baumwollgaze um den Kopf – denn obwohl es schon so heiß war, daß die Zikaden kreischten, fröstelte sie noch immer ein wenig – und ging, um dem stets wachsamen Commodore keinen Anlaß zur Sorge zu geben, zur üblichen Stunde hinaus auf die Terrasse. Sie hatte zwar keinen Hunger, zwang sich aber zum Essen, denn Sir Joshua Ward hätte das geringste Anzeichen von Unwohlsein gewiß Pauls Einfluß zugeschrieben, und das wollte Alicia unter allen Umständen vermeiden.

Anschließend zog sie sich unter dem Vorwand, das grelle Tageslicht würde sie ermüden, in ihr Zimmer zurück, nicht ohne dem Commodore, der bei solchen Dingen schnell mißtrauisch wurde, mehrfach versichert zu haben, es gehe ihr blendend.

»Blendend ... na, das würde mich wundern«, dachte der Commodore, nachdem seine Nichte gegangen war. »Sie hat dasselbe perlmuttartige Schimmern um die Augen, dieselben lebhaften kleinen Rötungen über dem Jochbein wie ihre arme Mutter, die auch immer behauptet hatte, es sei ihr nie besser gegangen. – Was tun? Ihr Paul zu nehmen hieße, sie auf andere Weise umzubringen. Überlassen wir es der Natur, Alicia ist ja noch so jung! Aber gerade auf die Jüngsten und Schönsten hat die alte Mob es abgesehen, eifersüchtig, wie ein Weib es nur sein kann. Ob ich einen Arzt rufen soll? Aber was kann die Medizin bei einem Engel ausrichten! Dabei waren alle besorgniserregenden Symptome schon verschwunden … Ah! Solltest du es sein, verfluchter Paul, sollte diese göttliche Blume durch deinen Atem eingehen, dann erwürge ich dich mit bloßen Händen. Nancy war keinem Jettatore ausgesetzt und ist trotzdem gestorben. – Wenn Alicia sterben würde! Nein, das kann nicht sein. Ich habe nichts getan, was Gott so mißfallen könnte, daß er mir diesen grauenhaften Schmerz zufügt. Sollte es einmal soweit sein, werde ich längst im Schatten meines heimatlichen Kirchturms unter einer Stele, *Sacred to the Memory of Sir Joshua Ward*, ruhen. Und sie wird vor dem grauen Stein um den alten Commodore weinen und für ihn beten … Ich weiß nicht, was mit mir los ist, aber heute morgen bin ich in einer verdammt traurigen und trüben Stimmung!«

Um seine düsteren Gedanken abzuschütteln, goß der Commodore ein wenig Jamaikarum zum kalt gewordenen Tee in die Tasse und ließ sich seine *Hooka* bringen, ein harmloses Vergnügen, das er sich aber nur gestattete, wenn Alicia nicht zugegen war; denn sie war so empfindlich, daß ihr selbst dieser leichte, parfümierte Rauch zugesetzt hätte.

Er hatte das aromatisierte Wasser im Bauch der Hooka bereits zum Brodeln gebracht und einige blaue Rauchwolken ausgestoßen, als Vicè erschien und das Eintreffen Graf Altavillas meldete.

»Sir Joshua«, sagte der Graf, nachdem sie sich höflich begrüßt hatten, »haben Sie noch einmal über mein Ersuchen nachgedacht?«

»Ich habe wohl darüber nachgedacht, aber wie Sie wissen, hat Monsieur Paul d'Aspremont mein Wort.«

»Ich weiß, allerdings gibt es Fälle, in denen man sein Wort zurücknehmen kann, beispielsweise, wenn der Mann, bei dem man im Wort steht, aus irgendeinem Grund nicht der ist, für den man ihn zunächst gehalten hat.«

»Lieber Graf, drücken Sie sich doch klarer aus.«

»Es widerstrebt mir, einen Rivalen anzuklagen, aber nach dem Gespräch, das wir geführt haben, müßten Sie mich eigentlich verstehen. Würden Sie mich als Schwiegersohn akzeptieren, wenn Sie Monsieur Paul d'Aspremont zurückweisen müßten?«

»Ich, gewiß, doch es ist nicht halb so sicher, daß Miss Ward sich mit diesem Tausch abfinden würde. – Sie hat sich diesen Paul nun einmal in den Kopf gesetzt, und daran bin ich nicht ganz unschuldig, denn ich selbst hatte ihn gern bei mir, bevor von diesen törichten Geschichten die Rede war. – Verzeihen Sie das Beiwort, Graf, aber ich weiß wirklich nicht mehr, wo mir der Kopf steht.«

»Wollen Sie, daß Ihre Nichte stirbt?« fragte Altavilla ernst und bewegt.

»Meine Nichte und sterben, um Himmels willen!«, rief der Commodore, warf den ledernen Schlauch der Wasserpfeife beiseite und sprang auf.

Wenn bei Sir Joshua Ward diese Saite angeschlagen wurde, dann geriet er jedesmal in Aufruhr.

»Sollte meine Nichte denn ernsthaft erkrankt sein?«

»Sie müssen nicht gleich mit dem Schlimmsten rechnen, Mylord, vor Miss Alicia liegt noch ein langes Leben.«

»Das wäre ja noch schöner! Haben Sie mir einen Schreck eingejagt.«

»Unter einer Bedingung freilich«, fuhr Graf Altavilla fort, »nämlich daß sie Monsieur d'Aspremont nicht mehr sieht.«

»Ah! Jetzt taucht die Jettatura also wieder auf! Leider glaubt Miss Ward nicht daran.«

»Hören Sie«, sagte Graf Altavilla ruhig, »als ich Miss Alicia auf dem Ball des Fürsten von Syrakus zum ersten Mal sah und eine ebenso respektvolle wie leidenschaftliche Zuneigung zu ihr faßte, fiel mir zunächst ihre blühende Gesundheit auf, die Lebensfreude, die Frische und der Glanz, die von ihr ausgingen. Sie war deshalb von strahlender Schönheit, als wäre sie auf einer Woge des Wohlbefindens geschwommen. – Ihre phosphoreszierende Erscheinung leuchtete wie ein Stern; sie stellte alle anderen, Engländerinnen, Russinnen, Italienerinnen, in den Schatten, und ich hatte nur noch Augen für sie. Zur britischen Vornehmheit kam bei ihr – und als einem Nachfahren griechischer Siedler mögen Sie mir diese Anleihe bei der Mythologie nachsehen – die kraftvolle, reine Anmut antiker Göttinnen.«

»Das stimmt, sie war wirklich eine Augenweide! Miss Edwina O'Herty, Lady Eleonor Lilly, Mistress Jane Strangford und Fürstin Vera Fedorowna Bariatinski hätten vor lauter Ärger fast die Gelbsucht bekommen«, stimmte der Commodore hocherfreut zu.

»Und Sie haben noch nicht bemerkt, daß ihre Schönheit nun etwas von einer welkenden Blume hat, daß ihre Züge zu einer krankhaften Zartheit neigen, daß die blauen Adern an ihren Hände stärker hervortreten, als es sein müßte, daß in ihrer glasklaren Stimme ein beunruhigendes Vibrieren und ein schmerzhafter Zauber liegen? Die Erdverbundenheit schwindet, und das Engelhafte gewinnt die Oberhand. Miss Alicia nähert sich einer ätherischen Vollkommenheit an, die ich, mögen Sie mich deshalb auch für materialistisch halten, an den Töchtern dieser Erde nur ungern sehe.«

Die Worte des Grafen entsprachen Sir Joshua Wards heimlicher Sorge so sehr, daß letzterer einige Minuten lang schwieg, als wäre er in tiefe Träumereien versunken.

»Das ist alles richtig, ich kann es nicht leugnen, auch wenn ich mir manchmal etwas anderes vormache.«

»Ich bin noch nicht fertig«, sagte der Graf. »Gab Miss Alicias Gesundheit vor dem Eintreffen Monsieur d'Aspremonts in England je Anlaß zur Sorge?«

»Niemals: Sie war das munterste und fröhlichste Kind der drei Königreiche.«

»Sie sehen, die Besuche Monsieur d'Aspremonts treffen mit den Beschwerden zusammen, die Miss Alicias Gesundheit untergraben. Ich verlange nicht von Ihnen, einem Mann des Nordens, daß Sie einem Volksglauben, einem Vorurteil, wenn Sie so wollen, einem Aberglauben unserer südlichen Gefilde Glauben schenken, allerdings müssen Sie zugeben, daß diese Tatsachen ungewöhnlich sind und es verdienen, daß Sie sich ihnen mit größter Aufmerksamkeit widmen …«

»Könnte Alicia denn nicht auf natürliche Weise … erkrankt sein?« überlegte der Commodore, den die verfänglichen Argumente Altavillas zwar erschütterten, ein gewisses englisches Schamgefühl aber davon abhielt, sich dem neapolitanischen Volksglauben anzuschließen.

»Miss Ward ist nicht krank, sie leidet an einer Art Vergiftung durch den Blick, und wenn

Monsieur d'Aspremont kein Jettatore ist, so bringt er zumindest Unheil.«

»Was soll ich tun? Sie liebt Paul, spottet über die Jettatura und behauptet, man könne einen Ehrenmann aus solch einem Grund doch nicht zurückweisen.«

»Es steht mir nicht zu, mich Ihrer Nichte anzunehmen; ich bin mit ihr weder verwandt noch verschwägert, noch verlobt, mit Ihrem Einverständnis könnte ich jedoch einen Versuch unternehmen, um sie diesem verhängnisvollen Einfluß zu entreißen. Oh! Keine Sorge! Ich werde keine Dummheiten begehen; – wenngleich ich noch jung bin, weiß ich wohl, daß man über den guten Ruf einer jungen Frau keine Gerüchte aufkommen lassen darf; – erlauben Sie mir trotzdem, daß ich mich über meinen Plan ausschweige. Haben Sie Vertrauen in meine Aufrichtigkeit, und glauben Sie mir, daß ich nichts unternehmen werde, was nicht selbst das empfindlichste Ehrgefühl gutheißen könnte.«

»Demnach lieben Sie meine Nichte wohl sehr?« sagte der Commodore.

»Ja, und da ich sie ohne jede Hoffnung liebe, könnten Sie mir freie Hand lassen?«

»Sie sind ein prächtiger Mann, Graf Altavilla. Nun denn, versuchen Sie, Alicia auf Ihre Weise zu retten, ich kann daran nichts Übles finden, im Gegenteil, ich fände es ausgesprochen gut.«

Der Graf stand auf, verabschiedete sich, kehrte zu seinem Wagen zurück und befahl dem Kutscher, ihn ins Hotel di Roma zu fahren.

Die Ellbogen auf dem Tisch und den Kopf in die Hände gestützt, war Paul in die schmerzlichsten Gedanken versunken; er hatte die zwei oder drei roten Tröpfchen auf Alicias Taschentuch gesehen, und da er noch immer seiner fixen Idee nachhing, machte er sich Vorwürfe wegen seiner todbringenden Liebe; er verurteilte sich dafür, daß er die Hingabe der schönen jungen Frau akzeptierte, die bereit war, für ihn zu sterben, und er fragte sich, durch welches übermenschliche Opfer er diese überragende Selbstlosigkeit vergelten könnte.

Paddy, der Jockey-Gnom, unterbrach dieses Nachdenken und überbrachte die Karte Graf Altavillas.

»Graf Altavilla! Was will denn der von mir?« entfuhr es dem höchst überraschten Paul. »Lassen Sie ihn eintreten.«

Als der Neapolitaner in der Tür erschien, hatte Monsieur d'Aspremont seine Verblüffung schon hinter jener gleichmütigen Maske kaschiert, unter der Leute von Welt ihre Gefühle verbergen.

Mit kühler Höflichkeit bot er dem Grafen einen Sessel an, setzte sich selbst und wartete schweigend, die Augen starr auf den Besucher gerichtet.

»Monsieur«, begann der Graf und spielte dabei mit seiner Uhrkette, »was ich Ihnen zu sagen habe, ist so sonderbar, so unangebracht, so ungebührlich, daß Sie mich mit gutem Recht im hohen Bogen hinauswerfen könnten. – Ersparen Sie mir diese Grobheit, als Ehrenmann gebe ich Ihnen gerne die Gelegenheit zur Genugtuung.«

»Ich höre, Monsieur, sollten mir Ihre Worte jedoch ungehörig erscheinen, behalte ich mir vor, später auf Ihr Angebot zurückzukommen«, antwortete Paul, ohne daß ein Muskel in seinem Gesicht gezuckt hätte.

»Sie sind ein Jettatore!«

Bei diesen Worten überzog ein fahles Grün Monsieur d'Aspremonts Gesicht, rote Ringe legten sich um seine Augen, seine Augenbrauen stießen fast aneinander, die Falte grub sich tief in die Stirn, aus seinen Pupillen sprühten schwefelgelbe Funken; er richtete sich halb auf und krallte dabei seine verkrampften Finger um die Mahagonilehnen des Sessels. Es war so grauenhaft, daß Altavilla, so mutig er war, die verzweigten Korallenanhänger ergriff, die an seiner Uhrkette hingen, und ihre Spitzen instinktiv auf sein Gegenüber richtete.

Durch eine außerordentliche Willensanstrengung faßte Monsieur d'Aspremont sich wieder und sagte: »Sie hatten recht, Monsieur, eine solche Beleidigung verdiente in der Tat eine sofortige Würdigung; aber ich werde soviel Geduld aufbringen, eine andere Wiedergutmachung abzuwarten.«

»Glauben Sie mir«, fuhr der Graf fort, »daß ich einem Gentleman eine solche Kränkung, die nur durch Blut getilgt werden kann, nicht ohne die schwerwiegendsten Gründe zufügen würde. Ich liebe Miss Alicia Ward.«

»Was habe ich damit zu tun?«

»Sie haben in der Tat wenig damit zu tun, Sie werden ja geliebt; aber ich, Don Felipe Altavilla, ich verbiete Ihnen, Miss Alicia Ward zu sehen.«

»Sie können mir gar nichts verbieten.«

»Ich weiß«, erwiderte der neapolitanische Graf, »ich erwarte auch nicht, daß Sie mir gehorchen.«

»Aus welchem Grund tun Sie es dann?«

»Ich bin der Überzeugung, daß der Fascino, mit dem Sie unglücklicherweise begabt sind, eine verhängnisvolle Wirkung auf Miss Alicia Ward ausübt. Das ist ein unsinniger Gedanke, ein mittelalterliches Vorurteil, das Ihnen vollkommen lächerlich erscheinen mag, aber darüber werde ich mich nicht mit Ihnen streiten. Wenn Ihre Augen sich auf Miss Ward richten, werfen Sie ihr ungewollt jenen unheilvollen Blick zu, der sie umbringen wird. Ich habe keine andere Möglichkeit, dieses traurige Ende zu verhindern, als einen Streit mit Ihnen vom Zaun zu brechen. Im 16. Jahrhundert hätte ich Sie von einem meiner Bauern aus den Bergen töten lassen, solche Gebräuche sind allerdings nicht mehr zeitgemäß. Ich habe auch daran gedacht, Sie zu bitten, nach Frankreich zurückzukehren; aber das ist zu naiv: Sie würden den Rivalen auslachen, der Sie unter dem Vorwand der Jettatura auffordert, zu verschwinden und ihn mit Ihrer Verlobten allein zurückzulassen.«

Während Graf Altavilla sprach, spürte Paul d'Aspremont ein Entsetzen in sich aufsteigen; er, ein braver Christ, war also in den Fängen der Höllenmächte, durch seine Augen blickte der Todesengel! Er säte Unheil, seine Liebe führte zum Tod! Einen Augenblick lang geriet sein Verstand ins Taumeln, und der Wahnsinn schlug mit seinen Flügeln gegen die Innenwände seines Schädels.

»Bei Ihrer Ehre, Graf, glauben Sie das, was Sie da sagen?« rief Paul d'Aspremont nach einigen Minuten nachdenklicher Stille, die der Neapolitaner höflich abwartete.

»Bei meiner Ehre, das glaube ich.«

»Dann wäre es also wahr!« sagte Paul leise. »Ich bin ein Mörder, ein Dämon, ein Vampir! Ich töte dieses himmlische Geschöpf, treibe den Alten in die Verzweiflung!« Fast hätte er dem Grafen versprochen, Alicia nicht mehr zu sehen;

aber sein Ehrgefühl und die Eifersucht, die in seinem Herzen erwachten, verschlossen ihm den Mund.

»Graf, ich verhehle Ihnen nicht, daß ich Miss Ward jetzt gleich besuchen werde.«

»Ich werde mich nicht an Ihnen vergreifen, um Sie davon abzuhalten. Sie sind vorhin nicht handgreiflich geworden, dafür bin ich Ihnen dankbar. Aber es wird mir eine Freude sein, Sie morgen früh um 6 Uhr in den Ruinen von Pompeji zu treffen, ich schlage vor, in den Thermen, dort sind wir ungestört. Sie sind der Beleidigte, also haben Sie die Wahl der Waffe: Degen, Säbel oder Pistole?«

»Wir werden mit dem Dolch bei verbundenen Augen kämpfen, getrennt nur durch ein Halstuch, von dem jeder ein Ende halten wird. Jeder soll die gleiche Chance haben; sonst könnte ich Sie, da ich ein Jettatore bin, mit meinen Blicken töten, Herr Graf!«

Paul d'Aspremont brach in gellendes Gelächter aus, stieß die Tür auf und verschwand.

Kapitel 12

Alicia hatte einen der unteren Räume des Hauses bezogen, dessen Wände mit al fresco gemalten Landschaftsbildern geschmückt waren, die in Italien die Tapeten ersetzen. Auf dem Dielenboden lagen Strohmatten aus Manilahanf. Die Einrichtung bestand lediglich aus einem Tisch, den ein kleiner türkischer Teppich bedeckte, auf dem Gedichtbände von Coleridge, Shelley, Tennyson und Longfellow lagen, einem Spiegel in einem klassizistischen Rahmen und ein paar Korbstühlen. In den Tür- und Fensteröffnungen hingen Jalousetten aus Binsen, die mit chinesischen Motiven, Pagoden, Felsen, Weiden, Kranichen und Drachen, bemalt waren; halb heruntergelassen, sorgten sie für ein gedämpftes Licht. Ein Orangenbaum, der über und über mit Blüten bedeckt war, die von den schwellenden Fruchtknoten langsam abgeschüttelt wurden, streckte ganz ungeniert einen Ast ins Zimmer, der wie eine Blumengirlande über Alicias Kopf schwang und seine duftenden Flocken über ihr ausschüttete.

Die junge Frau, die immer noch leichte Schmerzen hatte, lag auf einem schmalen Kanapee am Fenster; zwei oder drei marokkanische

Kissen stützten sie ein wenig, und ihre Füße waren sittsam in eine venezianische Decke gehüllt. Auf diese Weise zurechtgemacht, konnte sie Paul empfangen, ohne die Grenzen des englischen Schamgefühls zu übertreten.

Das Buch, das Alicia zu lesen begonnen hatte, war ihr aus der Hand geglitten und zu Boden gefallen, unter den langen Wimpern schwammen ihre Pupillen ohne jeden Halt und schienen das Jenseits zu schauen; sie empfand jene fast wonnevolle Mattigkeit, die Fieberanfällen folgt, und sie war in das Kauen der Orangenblüten vertieft, die sie von ihrer Decke auflas und deren bitteren Geschmack sie mochte. Gibt es nicht eine rosenkauende Venus von Schiavone? Welch bezauberndes Gegenstück zum Gemälde des alten Venezianers hätte ein moderner Künstler mit der Darstellung der an Orangenblüten knabbernden Alicia schaffen können!

Sie dachte an Monsieur d'Aspremont und fragte sich, ob sie wirklich lange genug leben würde, um seine Frau zu werden; nicht daß sie auch nur im geringsten an die Macht der Jettatura geglaubt hätte, aber trotz ihres Widerstands wurde sie von düsteren Vorahnungen überwältigt: In der Nacht hatte sie einen Traum gehabt, dessen Bilder sie bis in den Tag verfolgten.

In ihrem Traum lag sie wach im Bett und richtete den Blick auf die Tür zu ihrem Zimmer, denn sie ahnte, daß dort *jemand* erscheinen würde. – Nach zwei oder drei Minuten ängstlichen Wartens zeichnete sich auf dem dunklen Hintergrund, der vom Türstock eingerahmt wurde, eine schlanke, helle Gestalt ab, die zunächst durchscheinend war und wie durch einen leichten Nebel erkennen ließ, was hinter ihr lag, die jedoch um so undurchdringlicher wurde, je näher sie dem Bett kam.

Die Schattengestalt trug ein langes Mousselinekleid, dessen Falten auf dem Boden schleppten; lange schwarze Korkenzieherlocken fielen kraftlos und traurig zu beiden Seiten ihres Gesichts herab, dessen Blässe von zwei kleinen rosa Flecken über den Wangenknochen betont wurde; Hals und Brust waren so weiß, daß man sie nicht vom Kleid unterscheiden konnte, daß man nicht hätte sagen können, wo die Haut aufhörte und der Stoff begann; eine kaum erkennbare venezianische Kette zeichnete eine dünne goldene Linie um ihren schlanken Hals; ihre schmale, blau geäderte Hand hielt eine Blume – eine Teerose –, deren Blütenblätter sich lösten und wie Tränen zu Boden fielen.

Alicia hatte ihre Mutter nicht gekannt, da sie ein Jahr nach ihrer Geburt verstorben war, aber sie hatte oft eine kleine Miniatur von ihr betrachtet, deren vergilbte Farben alle eine elfenbeingelbe Tönung hatten und so verblichen waren wie die Erinnerung an Tote. Deshalb erinnerte das Bildnis eher an einen Schatten als an eine lebendige Frau, und Alicia begriff, daß die Frau, die ihr Zimmer betreten hatte, Nancy Ward war – ihre Mutter. – Das weiße Kleid, das Goldkettchen, die Blume in der Hand, das schwarze Haar, die rosa marmorierten Wangen, nichts fehlte – es war tatsächlich die vergrößerte, gewachsene Miniatur, die sich mit der ganzen Wirklichkeit des Traums bewegte.

Ein Mischung aus zärtlichen und ängstlichen Gefühlen ließ Alicias Brust erbeben. Sie wollte dem Schatten ihre Arme entgegenstrekken, aber sie schaffte es nicht, ihre marmorschweren Arme von dem Kissen anzuheben, auf dem sie ruhten. Sie versuchte zu sprechen, doch ihr Mund stammelte nur einige unverständliche Silben.

Nancy legte die Teerose auf den Beistelltisch, kniete sich neben das Bett, legte ihren Kopf an Alicias Brust und lauschte den Atemzügen, zählte die Herzschläge; die geschockte junge Frau spürte die kalte Wange des Schattens wie ein Stück Eis.

Die Erscheinung stand auf, warf Alicia einen schmerzerfüllten Blick zu, und während sie die wenigen noch verbliebenen Blütenblätter der Rose zählte, sagte sie: »Es ist nur noch eine da.«

Dann legte sich der schwarze Schleier des Schlafs zwischen den Schatten und die Schlafende, und alles versank in der Nacht.

War die Seele ihrer Mutter gekommen, um sie an den Tod zu mahnen und zu sich zu holen? Was bedeutete der rätselhafte Satz, den die Schattengestalt hatte fallenlassen: – »Es ist nur noch eine da«? – Symbolisierte diese farblose, entblätterte Rose ihr Leben? Der seltsame Traum mit seinem anmutigen Schrecken und seinem erschreckenden Zauber, das so entzückend in Mousseline gehüllte Gespenst, das die Blütenblätter zählte, beschäftigten die Gedanken der jungen Frau; ein Hauch von Schwermut umwölkte ihre schöne Stirn, und unbestimmbare Vorahnungen streiften sie mit ihren schwarzen Flügeln.

Hatte nicht auch der Zweig des Orangenbaums, dessen Blüten auf sie herabregneten, eine unheilvolle Bedeutung? Sollten die kleinen jungfräulichen Blütensterne also nicht unter ihrem Brautschleier funkeln? Niedergeschlagen und nachdenklich nahm Alicia die Blüte von ihren Lippen, auf die sie gerade gebissen hatte; sie war schon braun und verwelkt …

Der Uhrzeit nahte, zu der Monsieur d'Aspremont sie besuchte. Miss Ward bezwang ihre Schwäche, setzte eine heitere Miene auf, drehte die Locken ihres Haars um die Finger,

brachte die zerknitterten Falten ihres Schals in Ordnung und nahm ihr Buch wieder zur Hand, um sich ihre Verlegenheit nicht anmerken zu lassen.

Paul trat ins Zimmer, und Miss Ward empfing ihn in munterer Stimmung, da sie nicht wollte, daß er sich Sorgen machte, wenn er sie im Bett antraf – zweifellos hätte er sich für die Ursache ihrer Krankheit gehalten. Durch die Auseinandersetzung mit Graf Altavilla hatte Paul einen ungehaltenen, unnahbaren Gesichtsausdruck bekommen, der Vicè veranlaßte, das Beschwörungszeichen zu machen, aber Alicias liebevolles Lächeln hatte dieses Unbehagen schnell zerstreut.

»Ich hoffe doch, Sie sind nicht ernsthaft erkrankt«, sagte er zu Miss Ward und setzte sich neben sie.

»Oh! Es ist nicht der Rede wert, ich bin nur ein wenig müde. Wir hatten gestern Schirokko, und dieser Wind aus Afrika macht mir zu schaffen, aber Sie werden sehen, wie gut es mir in unserem Cottage in Linolnshire gehen wird! Da ich nun wieder bei Kräften bin, können wir dann auf dem Teich um die Wette rudern.«

Doch während sie dies sagte, konnte sie einen plötzlichen kleinen Hustenanfall nicht unterdrücken.

Monsieur d'Aspremont erbleichte und wandte den Blick ab.

Daraufhin blieb es einige Minuten lang still im Zimmer.

»Paul, ich habe Ihnen noch nie etwas von mir geschenkt«, begann Alicia schließlich wieder und streifte einen schlichten Goldring von dem bereits abgemagerten Finger. »Nehmen Sie diesen Ring, und tragen Sie ihn in Erinnerung an mich: Er müßte Ihnen eigentlich passen, denn Ihre Hand ist so schlank wie die einer Frau. – Auf Wiedersehen! Ich fühle mich matt und würde gern ein wenig schlafen; besuchen Sie mich morgen wieder!«

Traurig zog sich Paul zurück; Alicias Anstrengungen, ihr Leiden zu verbergen, waren nutzlos gewesen; er liebte Miss Ward über alles und brachte ihr den Tod! War nicht dieser Ring, den sie ihm soeben geschenkt hatte, ein Verlobungsring für das nächste Leben?

Er irrte halb wahnsinnig am Meeresufer entlang, träumte davon zu fliehen, sich in einem Trappistenkloster zu verkriechen und dort auf seinen Sarg zu warten, bis der Tod käme, ohne auch nur einmal die Kapuze seiner Kutte abzunehmen. Er hielt sich für erbärmlich und feige, weil er seine Liebe nicht opferte und statt dessen Alicias Heldenmut mißbrauchte; denn sie wußte alles, ihr war völlig klar, daß er ein Jettatore war, wie Graf Altavilla versichert hatte, doch von einem engelhaften Mitleid ergriffen, wies sie ihn nicht ab.

»Dieser Neapolitaner«, dachte er, »der schöne Graf liebt sie wirklich, obwohl sie nichts von ihm wissen will. Seine Liebe beschämt meine: Um Alicia zu retten, schreckt er nicht davor zurück, mich anzugreifen und herauszufordern, mich, einen Jettatore, das heißt, ein Wesen, vor dem man sich seiner Ansicht nach fürchten muß wie vor einem Dämon. Während er mit mir redete, spielte er die ganze Zeit über mit seinen Amuletten, drei Männer hat dieser berüchtigte Duellant schon niedergestreckt, und trotzdem senkte er die Augen vor meinem Blick!«

Zurück im Hotel di Roma schrieb Paul einige Briefe, setzte ein Testament auf, in dem er bis auf ein Vermächtnis für Paddy seinen ganzen Besitz Miss Ward vererbte, und traf die Vorkehrungen, die für einen Ehrenmann unumgänglich waren, der am nächsten Tag zu einem Duell auf Leben und Tod antreten mußte.

Er öffnete die Kisten aus Palisanderholz, in denen seine Waffen weggeschlossen waren, entnahm den mit grünem Kammgarn gefütterten Fächern Degen, Pistolen und Jagdmesser und fand schließlich zwei vollkommen gleiche korsische Dolche, die er erworben hatte, um sie einem Freund zu schenken.

Die beiden Klingen waren aus reinem Edelstahl, am Schaft breit, zur Spitze hin an beiden Seiten scharf geschliffen, tauschiert, auf seltene Art schrecklich und sehr sorgfältig gearbeitet. Paul wählte auch drei seidene Schals aus und wickelte alles in ein Paket.

Dann gab er Scazziga Bescheid, er möge sich am frühen Morgen zu einem Ausflug aufs Land bereit halten.

Mit einem Seufzer warf er sich vollständig bekleidet aufs Bett. »Gebe Gott, daß dieser Kampf mein Schicksal besiegelt! Wenn ich das Glück hätte, getötet zu werden – würde Alicia leben!«

Kapitel 13

Pompeji, die tote Stadt, erwacht morgens nicht zum Leben wie andere Städte, und obwohl sie die Decke aus Asche halb zurückgeschlagen hat, unter der sie jahrhundertelang lag, schläft sie auf ihrem Totenbett weiter, wenn die Nacht zu Ende geht.

Um diese Uhrzeit liegen die Touristen aller Herren Länder, die Pompeji tagsüber besichtigen, noch völlig erschöpft von den Strapazen ihrer Ausflüge in den Betten, und die Morgenröte, die über den Ruinen der Mumienstadt aufsteigt, scheint noch in kein einziges Gesicht. Nur die Eidechsen kriechen mit zuckenden Schwänzen an den Mauern entlang, flitzen über die beschädigten Mosaiken, ohne sich um das *cave canem* zu kümmern, das im Eingangsbereich der unbewohnten Häuser zu sehen ist, und begrüßen freudig die ersten Sonnenstrahlen. Sie sind die Nachfolger der antiken römischen Bewohner, und es scheint, als wäre Pompeji nur für sie ausgegraben worden.

Es ist ein eigenartiger Anblick, den dieses Skelett einer Stadt im azurblauen und rosaroten Morgenlicht bietet, die mitten aus ihren Vergnügungen, ihrer täglichen Arbeit, mitten aus dem

Leben gerissen wurde und nicht wie gewöhnliche Ruinen dem langsamen Verfall preisgegeben war; man meint unwillkürlich, die Besitzer dieser in allen Einzelheiten erhaltenen Häuser könnten jeden Augenblick in ihrer griechischen oder römischen Tracht aus dem Haus treten, die Wagen, deren Radspuren man noch in den Steinplatten sieht, würden gleich losfahren und die Trinker in die Thermopolen strömen, wo im Marmor des Tresens die Abdrücke ihrer Tassen zurückgeblieben waren. Man geht wie im Traum durch die Vergangenheit, an den Straßenecken liest man in roten Buchstaben die Reklame für das Schauspiel, das an jenem Tag gegeben wurde! – nur daß dieser Tag siebzehn Jahrhunderte zurückliegt. – Im heller werdenden Morgenlicht scheinen die gemalten Tänzerinnen an den Wänden mit ihren Kastagnetten zu klappern und mit ihren weißen Zehenspitzen den Saum ihrer drapierten Gewänder zu heben, als badeten sie in rosafarbenem Schaum, und zweifellos glaubten sie, daß die Lichter für die Gelage im Triclinium jeden Augenblick angehen würden; Venus, Satyrn, Helden oder groteske Gestalten versuchen, von einem Sonnenstrahl zum Leben erweckt, die verstorbenen Bewohner zu ersetzen und der toten Stadt eine gemalte Bevölkerung zu geben. An den Wänden zittern farbige Schatten, und für einige Minuten kann man sich der Illusion einer antiken Phantasmagorie hingeben. An jenem Tag jedoch wurde die morgendliche Ruhe Pompejis zum großen Schrecken der Eidechsen von einem sonderbaren Besucher gestört: Eine Kutsche hielt eingangs der Via dei Sepolcri; Paul stieg aus und ging zu Fuß zum verabredeten Ort.

Er war zu früh dran, und obwohl er sich eigentlich mit anderen Dingen als der Archäologie beschäftigte, konnte er nicht umhin, beim Gehen zahllose kleine Einzelheiten zu bemerken, die er unter normalen Umständen vielleicht nicht wahrgenommen hätte. Wenn das Bewußtsein nicht mehr über die Sinne wacht und diese sich verselbständigen, besitzen sie bisweilen eine einzigartige Schärfe. Manchen zum Tode Verurteilten fällt auf dem Weg zur Hinrichtung eine kleine Blume auf, die zwischen den Pflastersteinen wächst, die Ziffer auf dem Knopf einer Uniform, ein Schreibfehler auf einem Ladenschild oder irgendeine andere kindische Kleinigkeit, die für sie eine große Bedeutung bekommt. – Monsieur d'Aspremont kam an der Villa des Diomedes, am Grabmal der Mammia, den halbrunden Steinbänken auf den Gräbern, dem alten Stadttor sowie an den Häusern und Geschäften der Via dei Consoli vorbei, würdigte sie jedoch kaum eines Blickes; trotzdem gelangten die Bilder dieser Denkmäler mit ihren lebhaften Farben in vollkommener Klarheit in sein Hirn. Er sah alles, sowohl die kannelierten Säulen, die auf halber Höhe mit rotem oder gelbem Stuck verputzt waren, als auch die Fresken und die Inschriften an den Wänden; ein mit Rötel geschriebenes Mietangebot hatte sich ihm so stark eingeprägt, daß seine Lippen die lateinischen Worte mechanisch wiederholten, ohne ihnen die geringste Bedeutung beizumessen.

Beschäftigte er sich denn überhaupt mit dem bevorstehenden Kampf? Keineswegs, er dachte nicht einmal daran; seine Gedanken waren ganz woanders: im Besucherzimmer von Richmond. Er überreichte dem Commodore sein Empfehlungsschreiben, und Miss Ward musterte ihn verstohlen; sie trug ein weißes Kleid, in ihrem Haar steckten Jasminblüten. Wie jung, wie schön und lebenslustig sie war ... damals!

Die antiken Bäder liegen am Ende der Via dei Consoli an der Via della Fortuna; Monsieur d'Aspremont fand sie mühelos. Er trat in den hoch überwölbten Saal, an dessen Wänden Atlanten aus Terrakotta, die mit Amoretten und Blattwerk geschmückte Architrave tragen, rundum eine Reihe von Nischen bilden. Die Wandverkleidungen aus Marmor, die Mosaike und Bronzedreifüße sind verschwunden. Von der früheren Pracht sind nur die Atlanten aus Ton und die Wände geblieben, die kahl sind wie in einem Grab; durch eine kleine runde Fensteröffnung, die eine blaue Scheibe aus dem Himmel schneidet, fällt ein schummriges, flimmerndes Licht auf die ausgetretenen Steinplatten des Fußbodens.

Nach dem Bad waren die Frauen von Pompeji in diesen Raum gekommen, um ihre schönen nassen Körper zu trocknen, ihre Frisuren zu richten, ihre Tuniken anzulegen und sich im polierten Kupfer der Spiegel anzulächeln. Gleich würde sich hier eine ganz andere Szene abspielen, und über den Boden, über den einst Wohlgerüche strömten, sollte nun Blut fließen.

Einige Augenblicke später erschien Graf Altavilla: Er trug einen Pistolenkoffer in der Hand und zwei Degen unter dem Arm, denn er konnte nicht glauben, daß die Bedingungen, die Paul d'Aspremont vorgeschlagen hatte, ernst gemeint waren; er hatte das Ganze für einen mephistophelischen Scherz, für teuflischen Sarkasmus gehalten.

»Wozu haben Sie die Pistolen und Degen mitgebracht, Graf?« fragte Paul, als er die Waffensammlung sah, »waren wir uns nicht über eine andere Art des Kampfes einig?«

»Gewiß, aber ich dachte, Sie würden vielleicht Ihre Meinung ändern; auf diese Weise ist noch nie ein Zweikampf ausgetragen worden.«

»Wäre unsere Geschicklichkeit auch dieselbe, so befände ich mich doch in einer allzu vorteilhaften Lage, die ich nicht ausnutzen möchte«, antwortete Paul mit einem bitteren Lächeln. »Hier sind die zwei Stilette, die ich mitgebracht habe; prüfen Sie beide, sie sind vollkommen gleich; und hier die Schals, mit denen wir uns die Augen verbinden – sie sind dicht gewebt, sehen Sie, *mein Blick* kann also nicht durch den Stoff dringen.«

Graf Altavilla nickte zustimmend.

»Wir haben keine Zeugen«, fuhr Paul fort, »und einer von uns wird diese Gruft nicht mehr lebend verlassen. Deshalb sollte jeder von uns eine kurze Mitteilung schreiben, um die Ehrenhaftigkeit des Kampfes zu bestätigen; der Sieger hinterlegt sie auf der Brust des Toten.«

»Sie sorgen gut vor!« antwortete der Neapolitaner mit einem Lächeln und kritzelte ein paar Zeilen auf ein Blatt aus Pauls Notizbuch, während dieser dieselben Formalitäten erledigte.

Anschließend legten die beiden Gegner den Frack ab, verbanden sich die Augen, nahmen die Dolche in die Hand und ergriffen jeder ein Ende des Halstuchs, des schrecklichen Bindeglieds ihres gegenseitigen Hasses.

»Sind Sie bereit?« fragte Monsieur d'Aspremont Graf Altavilla.

»Ja«, antwortete der Neapolitaner mit vollkommen ruhiger Stimme.

Don Felipe Altavilla war ein Mann von erprobter Tapferkeit, der nichts auf der Welt fürchtete außer der Jettatura, und dieser blinde Kampf, der jeden anderen vor Grauen hätte schaudern lassen, versetzte ihn nicht in die geringste Aufregung, denn er mußte ja nur mit seinem Leben Kopf oder Zahl spielen, die Unannehmlichkeit, in die grimmigen Augen seines Gegners zu sehen, der ihn mit seinem schwefeligen Blick durchbohren würde, blieb ihm erspart.

Die zwei Rivalen schwangen ihre Messer, und das Tuch, das die beiden in der undurchdringlichen Dunkelheit miteinander verband, straffte sich. In einer instinktiven Bewegung warfen Paul und der Graf ihre Oberkörper zurück – die einzige Möglichkeit in diesem seltsamen Duell, einen Angriff zu parieren –, und nachdem sie nur ins Leere gestoßen hatten, fielen ihre Arme wieder herunter.

Dieser Kampf im Dunkeln, bei dem jeder die Nähe des Todes spürte, ohne ihn kommen zu sehen, war grauenhaft. Lautlos und scheu wichen sie einander aus, drehten sich zur Seite, sprangen hoch, und manchmal, wenn sie ihr Ziel verfehlten oder aneinander vorbeistießen, rempelten sie einander an; man hörte nur das Stampfen ihrer Füße und ihren keuchenden Atem.

Einmal spürte Altavilla, wie die Spitze seines Stiletts in etwas eindrang; da er glaubte, er habe seinen Rivalen getötet, blieb er stehen und wartete darauf, daß sein Gegner zu Boden sinken würde: – Er hatte aber nur die Wand getroffen!

»Ich dachte schon, ich hätte Sie gewiß durchstochen«, sagte er und kehrte in die Ausgangsstellung zurück.

»Seien Sie still«, erwiderte Paul, »Ihre Stimme führt mich.«

Der Kampf begann aufs neue.

Auf einmal merkten die beiden, daß sie nicht mehr aneinandergebunden waren. – Paul hatte mit einem Dolchstoß das Halstuch durchtrennt.

»Halt!« rief der Neapolitaner, »das Tuch ist durch, wir sind voneinander los.«

»Kümmern wir uns nicht darum, weiter!« sagte Paul.

Es herrschte finsteres Schweigen. Als aufrichtige Gegner wollten weder Monsieur d'Aspremont noch Graf Altavilla die Hinweise ausnützen, die der Wortwechsel jedem gegeben hatte. – Jeder ging ein paar Schritte, um den anderen irrezuleiten, dann suchten sie sich wieder in der Dunkelheit.

Monsieur d'Aspremont stieß mit dem Fuß gegen einen kleinen Stein. Der leichte Schlag verriet dem Neapolitaner, der sein Messer aufs Geratewohl schwang, in welche Richtung er sich bewegen mußte. Altavilla ging ein wenig in die Hocke, um mehr Sprungkraft zu bekommen, dann schnellte er hoch wie ein Tiger und stürzte in Pauls ausgestrecktes Stilett.

Paul betastete die Spitze seines Dolchs und spürte die Nässe … auf den Steinplatten hallten ein paar schwere Schritte, ein erstickter Seufzer war zu hören, dann fiel ein Körper der Länge nach hin.

Voller Entsetzen riß sich Paul die Augenbinde herunter und sah Graf Altavilla bleich und reglos auf dem Rücken liegen; an der Stelle des Herzens breitete sich ein großer, roter Fleck auf seinem Hemd aus.

Der schöne Neapolitaner war tot!

Monsieur d'Aspremont legte die Notiz auf Altavillas Brust, in der die Ehrenhaftigkeit des Kampfes bestätigt wurde, und verließ die antiken Bäder fahler im Gesicht bei hellem Tageslicht als bei Mondschein der Verbrecher, den Prud'hon vor den Erinnyen fliehen läßt.

Kapitel 14

Gegen zwei Uhr nachmittags besichtigte eine Schar englischer Touristen mit einem Fremdenführer die Ruinen von Pompeji; mit ihren kalten, blaugrünen Augen, aus denen jener tiefe Überdruß sprach, der für das Geschlecht der Briten so typisch ist, hatte sich die aus Vater, Mutter, drei großen Töchtern, zwei kleinen Brüdern und einem Vetter bestehende Inselsippe bereits das Amphitheater angesehen, dann das Große Theater und das Kleine Theater, die erstaunlicherweise nebeneinanderliegen, das Kasernenviertel, an dessen Mauern die gelangweilten Wachen Karikaturen gekritzelt haben, das Forum, das beim Ausbruch des Vesuvs mitten in Renovierungsarbeiten steckte, die Basilika, den Venus- und den Jupitertempel, das Pantheon und die Geschäfte, die den Forumsplatz säumten. Alle folgten in ihrem *Murray* wortlos den ausschweifenden Erläuterungen des Cicerone und warfen kaum einen Blick auf die Säulen, die Trümmer der Statuen, die Mosaiken, Fresken und Inschriften.

Schließlich kamen sie zu den Forumsthermen, die 1824 entdeckt wurden, wie der Reiseführer vermerkte. »Hier waren die Dampfbäder, dort der Ofen, um das Wasser zu erhitzen, und da drüben liegt der Saal für das lauwarme Bad.« Diese Einzelheiten, die der Fremdenführer in seinem mit ein paar Brocken Englisch versetzten neapolitanischen Dialekt vortrug, schienen die Besucher nicht sonderlich zu interessieren, die schon wieder kehrtmachen wollten, als Miss Ethelwina, die älteste der drei Fräulein, ein junges Mädchen mit strohblondem Haar und einer mit Sommersprossen übersäten Haut, zwei Schritte zurückwich und halb schockiert, halb verängstigt aufschrie: »Ein Mann!«

»Das wird bestimmt ein Arbeiter von den Ausgrabungen sein, dem der Platz günstig schien, um Siesta zu machen; denn unter diesem Gewölbe ist es kühl und schattig; Sie brauchen keine Angst zu haben, Miss«, sagte der Führer und stieß den auf dem Boden ausgestreckten Mann mit dem Fuß an. »Holà! Wach auf, du Faulpelz, und laß die Herrschaften vorbei!«

Der vermeintliche Schläfer rührte sich nicht.

»Der schläft nicht, der ist tot«, sagte einer der kleinen Jungen, der wegen seiner geringeren Größe den Leichnam im Halbdunkel besser sehen konnte.

Der Cicerone beugte sich über den Mann, richtete sich brüsk auf und rief mit verstörtem Gesichtsausdruck:

»Er ist ermordet worden!«

»Oh, wirklich! Wie unangenehm, daß wir solchen Dingen ausgesetzt werden, geht hinaus, Ethelwina, Kitty, Bess«, sagte Mistress Bracebridge, »das ist kein Anblick, der sich für junge, wohlerzogene Damen ziemt. Gibt es in diesem Land denn keine Polizei? Der Coroner hätte den Leichnam längst fortschaffen müssen.«

»Ein Zettel!« meinte der Cousin lakonisch, der groß, steif und unbeholfen war wie der Laird von Dumbidike in *Das Herz von Midlothian.*

»Tatsächlich«, sagte der Fremdenführer und nahm den Zettel, eine Mitteilung von wenigen Zeilen, von Altavillas Brust.

»Lesen Sie vor«, baten die Insulaner im Chor, deren Neugier geweckt war.

Wegen meines Todes sollen keine Nachforschungen angestellt und niemand angeklagt werden. Diese Mitteilung auf meiner Wunde bezeugt, daß ich bei einem ehrenhaften Duell den Tod gefunden habe.

Gezeichnet Felipe, Graf von Altavilla

»Ein so korrekter Mann, welch ein Jammer!« seufzte Mistress Bracebridge, vom gräflichen Titel des Toten beeindruckt.

»Und ein hübscher Junge«, murmelte Ethelwina, das Fräulein mit den Sommersprossen, leise.

»Jetzt kannst du dich nicht mehr beklagen, daß es auf unseren Reisen an Überraschungen mangelt«, sagte Bess zu Kitty. »Zwar haben uns zwischen Terracina und Fondi keine Räuber überfallen, aber in den Ruinen von Pompeji einen jungen Herrn zu finden, der erdolcht wurde, ist abenteuerlich genug. Sicher steckt ein Streit um die Liebe einer Frau dahinter –; jetzt können wir unseren Freundinnen wenigstens eine pittoreske und romantische, echt italienische Geschichte erzählen. Ich werde das Bild mit einer Zeichnung in meinem Album festhalten, und du könntest ein paar geheimnisvolle Stanzen im Stile Byrons zu den Skizzen beisteuern.«

»Der Stoß ist jedenfalls richtig geführt worden«, meinte der Cicerone, »von unten nach oben, wie es den Regeln der Kunst entspricht, da gibt es nichts dran auszusetzen.«

Das war die Leichenrede für Graf Altavilla.

Einige Arbeiter, die der Fremdenführer herbeigerufen hatte, verständigten die Polizei, und der Leichnam des bedauernswerten Altavilla wurde in sein Schloß bei Salerno gebracht.

Unterdessen war Monsieur d'Aspremont wie ein Schlafwandler mit weit aufgerissenen Augen, aber ohne etwas zu sehen, zu seiner Kutsche zurückgekehrt. Man hätte ihn für eine wandelnde Statue halten können. Obwohl ihn beim Anblick des Leichnams jener religiöse Schauder ergriffen hatte, den die Begegnung mit dem Tod auslöst, fühlte er sich nicht schuldig, und in seine Verzweiflung mischten sich keine Gewissensbisse. Da er in einer Weise herausgefordert worden war, der er sich nicht entziehen konnte, hatte er in das Duell eingewilligt mit der Hoffnung, darin sein nunmehr verabscheuungswürdiges Leben zu lassen. Wegen seines unheilvollen Blickes hatte er einen blind geführten Kampf gewollt, damit allein das Schicksal entschied. Er hatte nicht einmal zugestoßen, sein Gegner hatte sich in seine Waffe gestürzt! Er beklagte den Tod des Grafen, als hätte er gar nichts damit zu tun. »Mein Dolch hat ihn getötet«, dachte er, »und hätte ich ihn auf einem Ball angesehen, wäre ein Lüster von der Decke gefallen und hätte ihn erschlagen. Ich bin so unschuldig wie der Blitz, die Lawine, der Manzanillobaum, wie alle zerstörerischen und sich selber unbekannten Kräfte. Nie habe ich jemandem schaden wollen, für andere habe ich nur liebevolle und wohlwollende Gefühle, aber ich weiß, daß ich ihnen Unheil bringe. Der Donnerschlag weiß nicht, daß er tötet, aber ich, ein Mensch, ein Wesen, das zu Einsicht fähig ist, habe ich nicht mir selbst gegenüber eine schwere Pflicht? Ich muß vor meinem eigenen Richterstuhl erscheinen und Rechenschaft ablegen. Darf ich am Leben bleiben, auch wenn ich in dieser Welt nur Unheil stifte? Würde Gott mich verdammen, wenn ich mich aus Nächstenliebe umbrächte? Um diese furchtbare und weitreichende Frage zu beantworten, fehlt mir der Mut; und doch, mir scheint, daß der Freitod in meiner Lage verzeihlich wäre. Und wenn ich mich täusche? Der Anblick Alicias würde mir in der Ewigkeit sicher fehlen; jetzt hingegen könnte ich sie betrachten, ohne ihr zu schaden, denn das innere Auge hat keinen Fascino. – Dieses Risiko will ich nicht eingehen.«

Plötzlich zuckte ein Gedanke durch den Kopf des unglücklichen Jettatore und unterbrach sein Selbstgespräch. Seine Züge entspannten sich, und jene unveränderliche Ruhe, die auf schwere Entscheidungen folgt, glättete seine bleiche Stirn: Er hatte einen letzten Entschluß gefaßt.

»Seid verdammt, meine Augen, denn ihr seid tödlich! Doch bevor ihr euch für immer schließt, sättigt euch noch einmal mit Licht, betrachtet die Sonne, den blauen Himmel, das endlose Meer, die tiefblaue Bergkette, die leuchtend grünen Bäume, die unbegrenzten Horizonte, die Kolonnaden der Paläste, die Fischerhütten, die Inseln im Golf, das weiße Segel, das über die Tiefe gleitet, den Vesuv mit seiner Rauchfahne, seht euch all die bezaubernden Bilder noch einmal an, damit ihr euch an sie erinnert, wenn ihr nicht mehr sehen könnt, prägt euch jede Form und jede Farbe ein, feiert ein letztes Fest. Heute dürft ihr den Blick, ob unheilvoll oder nicht, auf alles richten: Berauscht euch am herrlichen Anblick der Schöpfung! Geht, seht, schweift umher. Bald fällt der Vorhang zwischen euch und der Weltbühne!«

Währenddessen fuhr der Wagen am Ufer entlang, die Bucht funkelte im gleißenden Licht, der Himmel war ein einzelner geschliffener Saphir, alles erstrahlte in prachtvoller Schönheit.

Paul bat Scazziga anzuhalten; er stieg aus, setzte sich auf einen Felsen und schaute lange, lange, lange hinaus, als wollte er die endlose Weite in sich aufnehmen. Sein Blick versank in der Ferne und im Licht, er verdrehte die Augen wie in Ekstase, saugte jeden Schimmer auf, badete in der Sonne. Die Nacht, die folgen würde, sollte für ihn in keiner Morgenröte mehr enden.

Nachdem Paul d'Aspremont aus seiner Versunkenheit aufgetaucht war, stieg er wieder in die Kutsche und fuhr zu Miss Alicia Ward.

Sie lag wie am Vortag auf dem schmalen Kanapee im unteren Zimmer, das wir schon beschrieben haben. Paul setzte sich vor sie, und diesmal richtete er seinen Blick nicht auf den Boden, wie er es tat, seit er sich seiner Jettatura bewußt geworden war.

Durch das Leiden verlor Alicias so vollkommene Schönheit ihren irdischen Charakter; die

Frau war schon fast verschwunden, um dem Engel Platz zu machen: Ihr Körper war durchscheinend, ätherisch, leuchtend, ihre Seele schimmerte wie die Flamme einer Alabasterlampe. In ihren Augen lag die Unendlichkeit des Himmels und das Funkeln der Sterne; kaum daß sich noch ein Lebenszeichen auf ihren blutroten Lippen zeigte.

Als sie sah, daß die zärtlichen Blicke ihres Verlobten sie lange liebkosten, umspielte ein himmlisches Lächeln ihren Mund wie ein Sonnenstrahl, der auf ein Rose fällt. Sie glaubte, Paul habe endlich die finsteren Gedanken an die Jettatura aufgegeben und sei glückstrahlend und vertrauensvoll wie in den ersten Tagen zu ihr zurückgekehrt, und reichte Monsieur d'Aspremont ihre kleine, schmale und bleiche Hand.

»Ich mache Ihnen also keine Angst mehr?« sagte sie mit sanfter Spottlust zu Paul, der sie weiter mit starrem Blick betrachtete.

»Oh! Lassen Sie mich Sie einfach ansehen«, erwiderte Monsieur d'Aspremont in einem eigenartigen Tonfall, während er vor dem Kanapee niederkniete, »ich möchte mich an Ihrer unbeschreiblichen Schönheit berauschen!« Gierig betrachtete er Alicias glänzendes schwarzes Haar, ihre schöne Stirn, die glatt war wie griechischer Marmor, ihre Augen, in deren dunklem Blau das Azur einer klaren Nacht erschien, ihre fein geschnittene Nase, ihren Mund, dessen schmachtendes Lächeln die Perlenreihe ihrer Zähne zur Hälfte zeigte, ihren anmutig geschwungenen Schwanenhals, und er schien sich jeden Zug, jede Einzelheit, jede Vollkommenheit einzuprägen wie ein Maler, der aus dem Gedächtnis ihr Porträt malen wollte. Er kostete den vergötterten Anblick bis ins letzte aus, legte sich einen Vorrat an Erinnerungen zu, hielt sie in verschiedenen Profilen fest, zog immer wieder ihre Umrisse nach.

Fasziniert und bezaubert von diesem glühenden Blick, fühlte Alicia einen wollüstigen Schmerz, ein wohliges Sterben; ihr Leben erreichte seinen Gipfel und verging, sie errötete und erbleichte, sie war mal kalt, dann wieder siedend heiß. – Noch eine Minute, und ihre Seele wäre auf und davon.

Alicia legte ihre Hand auf Pauls Augen, doch seine Blicke strahlten wie eine Flamme durch ihre zarten, durchscheinenden Hände.

»Jetzt kann mein Augenlicht erlöschen, ich trage für immer ihr Bild in mir«, dachte Paul, als er aufstand.

Als er am Abend ins Hotel zurückkam, nachdem er noch einmal den Sonnenuntergang erlebt hatte – den letzten, den er sehen sollte –, ließ Monsieur d'Aspremont sich einen *Brasero* und Kohlen aufs Zimmer bringen.

»Will er sich denn ersticken?« fragte sich Virgilio Falsacappa, als er Paddy die Dinge aushändigte, um die dieser ihn im Auftrag seines Herrn gebeten hatte, »es wäre das Beste, was der verfluchte Jettatore tun könnte!«

Entgegen den Mutmaßungen Falsacappas öffnete Alicias Verlobter das Fenster, zündete die Kohlen an, legte die Klinge eines Dolchs hinein und wartete, bis das Eisen rot glühte.

In der weißglühenden Kohle färbte sich die schmale Klinge bald rot und weiß. Als wollte er sich von sich selbst verabschieden, stützte sich Paul mit den Ellbogen auf den Kaminsims und betrachtete in dem großen Spiegel darüber, in dem sich das Licht eines mehrarmigen Leuchters spiegelte, mit melancholischer Neugier seine gespenstische Gestalt, jene Hülle seines Denkens, die er bald nicht mehr sehen würde: »Adieu, du blasses Gespenst, das ich seit so vielen Jahren durch mein Leben schleppe, finstere und mißratene Form, in der sich Schönheit und Schrecken mischen, Lehmbrocken, auf dessen Stirn ein verhängnisvolles Siegel gedrückt wurde, verzerrte Maske einer sanften, zarten Seele! Du wirst für immer von mir gehen; bei lebendigem Leibe tauche ich dich in ewige Finsternis, und bald werde ich dich vergessen haben wie den Traum einer stürmischen Nacht. Vergeblich wirst du, elender Körper, meinen unbeugsamen Willen anflehen: ›Hubert, Hubert, meine armen Augen!‹ – du wirst mich nicht erweichen. Opfer und Henker, machen wir uns ans Werk!« Mit diesen Worten entfernte er sich vom Kamin und setzte sich auf den Bettrand.

Er hatte den Brasero auf einen Beistelltisch gestellt, fachte die Glut mit seinem Atem an und ergriff den Dolch am Schaft, von dessen Klinge weiße Funken sprühten.

Bei aller Entschlossenheit verließen ihn in diesem entscheidenden Augenblick plötzlich die Kräfte, der kalte Schweiß stand ihm auf der Stirn, doch er überwand diese rein körperliche Schwäche schnell und führte das glühende Eisen an seine Augen.

Ein brennender, stechender, unerträglicher Schmerz hätte ihn beinahe aufschreien lassen, ihm war, als würden sich zwei Sturzbäche geschmolzenen Bleis in seine Pupillen ergießen und tief in seinen Schädel eindringen; er ließ den Dolch los, der zu Boden glitt und ein braunes Mal in das Parkett brannte.

Eine dichte, opake Dunkelheit, neben der die finsterste Nacht lichter Tag ist, hüllte ihren schwarzen Schleier um ihn; er drehte den Kopf zum Kamin, auf dem noch die Kerzen auf dem Leuchter brannten, doch er sah nur in eine undurchdringliche Finsternis, in der nicht einmal mehr jene gestaltlosen Schimmer bebten, die Sehende auch mit geschlossenen Lidern noch wahrnehmen, wenn sie vor einer Lichtquelle stehen. – Sein Opfer war vollbracht!

»Nun, du edles und bezauberndes Wesen«, sagt Paul, »nun kann ich dein Mann sein, ohne zum Mörder zu werden. Du mußt nicht mehr unter meinem unheilvollen Blick heroisch zugrunde gehen, du wirst wieder kerngesund; ich werde dich zwar nicht mehr sehen können, aber in meiner Erinnerung erstrahlt dein himmlisches Bild in seinem unsterblichen Glanz; ich werde dich vor meinem inneren Auge sehen, ich werde deiner Stimme lauschen, die harmonischer klingt als die lieblichste Musik, ich werde den Luftzug spüren, den deine Bewegungen verursachen, ich werde das Rascheln deines Seidenkleids hören, das unmerkliche Ächzen deiner Schnürstiefel, ich werde den leichten Duft riechen, den du verströmst und der dich wie eine Aura umgibt. Manchmal wirst du mir deine Hand überlassen, damit ich sicher sein kann, daß du da bist; mit deiner ganzen Güte wirst du deinen armen Blinden führen, wenn er auf seinem dunklen Weg zögert, du wirst ihm die Dichter vorlesen, Gemälde und Statuen beschreiben. Durch dein Wort wirst du ihm die entschwundene Welt zurückbringen; du wirst sein einziger Gedanke, sein einziger Traum sein; da ihn keine Zerstreuung mehr ablenken, kein Licht mehr blenden kann, wird sein Herz dir mit nimmermüden Flügeln entgegenfliegen.

Ich bereue nichts, denn du bist gerettet: Was habe ich schon verloren? Den eintönigen Wechsel der Tage und der Jahreszeiten, den Anblick mehr oder weniger malerischer Kulissen, in denen sich die hundert verschiedenen Akte der traurigen Komödie des Lebens abspielen. – Erde, Himmel, Gewässer, Berge, Bäume, Blumen: bloße Erscheinungen, lästige Wiederholungen in denselben, immer wiederkehrenden Formen! Die Liebe ist die wahre Sonne, wer sie besitzt, hat das Licht, das nie erlischt!«

Soweit der innere Monolog des unglücklichen Paul d'Aspremont, der ganz verzückt war in seinem lyrischen Überschwang, von dem sich der Fieberwahn seines Schmerzes bisweilen nicht unterscheiden ließ.

Allmählich ließen die Schmerzen nach, und er fiel in einen tiefen Schlaf, der so tröstlich war wie sein Bruder, der Tod.

Als das Tageslicht in sein Zimmer drang, weckte es ihn nicht. – Mittag und Mitternacht würden von nun an für ihn dieselbe Farbe haben, aber die Glocken, die fröhlich das *Angelus* läuteten, erreichten ihn im Schlaf mit einem unbestimmten Brausen, wurden Schlag für Schlag immer deutlicher und rissen ihn aus seiner Betäubung.

Er schlug die Augen auf, und noch bevor sein schläfriger Geist sich erinnern konnte, durchfuhr ihn ein furchtbarer Schrecken. Seine Augen öffneten sich ins Nichts, in die Dunkelheit, die Leere, als würde er wie lebendig begraben in einem Sarg aus seiner Erstarrung erwachen; doch er faßte sich schnell wieder. Würde es künftig nicht immer so sein? Würde er künftig nicht jeden Morgen von der Finsternis des Schlafs in die Finsternis des Tages wechseln müssen?

Er tastete nach der Klingelschnur.

Paddy eilte herbei.

Als dieser sich darüber wunderte, daß sein Herr mit den unsicheren Bewegungen eines Blinden vom Bett aufstand, sagte Paul, um jeder Mutmaßung zuvorzukommen: »Ich war so unvorsichtig, bei offenem Fenster zu schlafen, und habe mir, glaube ich, den schwarzen Star zugezogen, aber das wird sich wieder geben; führe mich zu meinem Sessel und stelle ein Glas frisches Wasser neben mich.«

Paddy, der alle Diskretion eines Engländers besaß, enthielt sich jeder Bemerkung, führte die Anweisungen seines Herrn aus und zog sich zurück.

Wieder allein, tauchte Paul ein Taschentuch in das kalte Wasser und legte es auf seine Augen, um das Brennen zu lindern, das die Blendung verursacht hatte.

Überlassen wir Monsieur Paul d'Aspremont nun seinem Schmerz und seiner Unbeweglichkeit und beschäftigen uns ein wenig mit den anderen Personen unserer Geschichte.

Die Nachricht vom sonderbaren Tod des Grafen von Altavilla ging wie ein Lauffeuer durch Neapel und war Anlaß zu tausenderlei Spekulationen, eine phantastischer als die andere. Der Graf war berühmt für seine Fechtkünste; er galt als einer der besten Fechter aus der in diesem Fach so gefürchteten Neapolitaner Schule; Altavilla hatte drei Männer getötet und fünf oder sechs schwer verwundet. Er stand in so gutem Ruf, daß er nicht mehr herausgefordert wurde. Die verwegensten Duellanten grüßten ihn freundlich, und selbst wenn er sie schief angesehen hätte, keiner wäre ihm auf die Füße getreten. Hätte einer dieser Angeber Altavilla getötet, hätte er bestimmt die Gelegenheit genutzt, sich mit diesem Sieg zu brüsten. Es kam eigentlich nur Mord in Frage, doch die bei dem Toten gefundene Notiz schloß dies aus. Zunächst bezweifelte man die Echtheit des Schreibens, aber die Handschrift des Grafen wurde von Personen wiedererkannt, die mehr als hundert Briefe von ihm erhalten hatten. Die näheren Umstände wie die verbundenen Augen – der Leichnam hatte noch den Schal um den Kopf, als man ihn fand – schienen für immer unerklärlich. Außer dem Stilett, das in der Brust des Grafen steckte, fand man noch ein zweites, das ihm zweifellos aus der Hand gefallen war, als die Kräfte ihn verließen. Sollte der Kampf aber mit diesen Dolchen ausgetragen worden sein, warum fand man dann Degen und Pistolen, die, wie man feststellte, aus dem Besitz des Grafen stammten, dessen Kutscher aussagte, er habe ihn nach Pompeji gefahren und dann die Anweisung erhalten zurückzukehren, wenn sein Herr nicht binnen einer Stunde wieder erscheinen würde?

Man wurde nicht schlau aus der ganzen Sache.

Die Nachricht von diesem Todesfall kam bald auch Vicè zu Ohren, die Sir Joshua Ward darüber unterrichtete. Der Commodore, dem auf der Stelle das rätselhafte Gespräch einfiel, das Altavilla wegen Alicia mit ihm geführt hatte, ahnte dunkel, um was für ein geheimnisvolles Unterfangen, um was für einen schrecklichen und verzweifelten Kampf es sich gehandelt haben dürfte, in den Monsieur d'Aspremont freiwillig oder unfreiwillig verwickelt sein mußte. Vicè zögerte freilich keinen Augenblick, den Tod des schönen Grafen dem bösen Jettatore zuzuschreiben, und der Haß diente ihr dabei als zweites Gesicht. Unterdessen hatte Monsieur d'Aspremont Miss Alicia zur gewohnten Stunde besucht, ohne daß irgend etwas an seinem Benehmen auf die Gefühlsregungen nach einem solchen Drama schließen ließe, im Gegenteil, er schien sogar ruhiger als sonst zu sein.

Der Todesfall wurde Miss Ward verheimlicht, deren Gesundheit sich besorgniserregend verschlechtert hatte, wenngleich der von Sir Joshua herbeigerufene englische Arzt keine bestimmte Krankheit feststellen konnte: Es war, als stehle sich das Leben davon, als schlüge die zuckende Seele mit den Flügeln, um fortzufliegen, als ersticke ein Vogel unter einer Vakuumpumpe, und nicht wie eine echte Krankheit, die man mit gewöhnlichen Arzneimitteln hätte behandeln können. Ein Engel, hätte man gesagt, der sich nach dem Himmel sehnte, aber auf Erden zurückgehalten wurde; Alicias Schönheit war so zart, so schwächlich, so durchscheinend, so entrückt, daß ihr die rauhe Luft, die andere atmen, nicht mehr zuträglich war, man konnte sich gut vorstellen, wie sie im goldenen Licht des Paradieses schwebte, und das kleine Spitzenkissen, das ihren Kopf stützte, strahlte wie ein Glorienschein. In ihrem Bett sah sie aus wie die reizende Jungfrau von Schoorel, der reinste Edelstein in der Krone der gotischen Kunst.

An diesem Tag kam Monsieur d'Aspremont nicht: Er wollte nicht mit entzündeten Lidern erscheinen, die sein Opfer verraten hätten; vielmehr hatte er vor, seine plötzliche Blindheit einer anderen Ursache zuzuschreiben.

Da er am nächsten Tag keine Schmerzen mehr spürte, bestieg er, von seinem Groom geführt, die Kutsche.

Der Wagen hielt wie üblich vor dem Gittertor. Der Geblendete stieß es auf, prüfte den Boden mit dem Fuß und schlug dann den bekannten Weg ein. Vicè war nicht wie sonst angelaufen gekommen, als die Glocke ertönte, die von dem aufschwingenden Türflügel angeschlagen wurde; obwohl Paul aufmerksam horchte, vernahm er keines der vielen fröhlichen Geräusche, die der Atem eines lebendigen Hauses sind; im ganzen Anwesen herrschte eine erschreckende, tieftraurige Stille, als wäre es verlassen. Diese Stille, die selbst für einen sehenden Menschen unheimlich gewesen wäre, war in der Finsternis, die den jüngst Erblindeten umgab, noch trostloser.

Die Äste, die er nicht mehr sehen konnte, schienen ihn mit flehenden Armen aufzuhalten und am Weitergehen hindern zu wollen. Der Lorbeer versperrte ihm den Weg; die Rosensträucher blieben an seinem Anzug hängen, die Lianen schlangen sich um seine Beine, der Garten raunte ihm in seiner stummen Sprache zu: »Was willst du hier, Unglückseliger? Reiß nicht die Hindernisse ein, die ich dir in den Weg stelle, verschwinde!« Doch Paul hörte nicht; von furchtbaren Vorahnungen gequält, schlug er sich durch das Buschwerk, stieß das dichte Geäst beiseite, brach die Zweige ab und kam dem Haus immer näher.

Zerkratzt und zerschunden von den aufgebrachten Ästen, erreichte er schließlich das Ende des Weges. Ein Schwall frischer Luft traf ihn ins Gesicht, und mit vorgestreckten Händen ging er weiter.

So erreichte er das Haus und tastete sich die Wand entlang bis zur Tür.

Er ging hinein; doch keine vertraute Stimme begrüßte ihn. Da er nichts hörte, was ihm den Weg hätte weisen können, verharrte er einige Minuten unschlüssig im Eingang. Äthergeruch, Kräuteressenzen, Rauch von verbranntem Wachs, alle diffusen Gerüche von Sterbezimmern stiegen dem vor Entsetzen schwer keuchenden Blinden in die Nase; ein grauenvoller Gedanke traf ihn wie ein Blitz, er stürzte in Alicias Zimmer.

Nach einigen Schritten stieß er etwas um, was laut scheppernd zu Boden fiel. Er bückte sich, und als er den Gegenstand berührte, erkannte er einen metallenen Kandelaber mit einer hohen Kerze wie in Kirchen.

In tiefster Verzweiflung tastete er sich weiter durch die Dunkelheit. Ihm war, als hörte er eine Stimme leise Gebete murmeln. Er tat noch einen Schritt, bis seine Hände den Bettrand berührten; er beugte sich über das Bett, und mit zitternden Händen fuhr er zuerst über einen reglosen und steifen Körper, der unter einer dünnen Tunika lag, dann über einen Rosenkranz und ein Gesicht, das rein und kalt wie Marmor war.

Alicia auf dem Totenbett.

»Tot!« rief Paul mit einem Röcheln, als versagte ihm die Stimme. »Tot! Und ich habe sie umgebracht!«

Starr vor Entsetzen hatte der Commodore gesehen, wie das Gespenst mit den erloschenen Augen hereinschwankte, blind umherirrte und gegen das Totenbett seiner Nichte stieß: Er hatte alles begriffen. Die Größe dieses nutzlosen Opfers trieb dem alten Mann, der glaubte, er könne nicht mehr weinen, die Tränen in die geröteten Augen.

Paul warf sich neben dem Bett auf die Knie und bedeckte Alicias eiskalte Hand mit Küssen; immer wieder wurde er von Weinkrämpfen geschüttelt. Sein Schmerz rührte sogar die dunkelhäutige Vicè, die wortlos und mit düsterer Miene an der Wand lehnte und über den letzten Schlaf ihrer Herrin wachte.

Als dieser stumme Abschied beendet war, stand Monsieur d'Aspremont auf und ging steif wie ein Stück Holz, wie ein von Federkraft bewegter Automat zur Tür; in seinen offenen, starren Augen mit den farblosen Pupillen lag ein übernatürlicher Ausdruck, als ob er ungeachtet seiner Blindheit wieder sehen könnte. Mit schweren Schritten ging er wie ein steinerner Gast durch den Garten und weiter geradeaus durch die Felder. Beim Laufen stieß er mit dem Fuß die Steine zur Seite und strauchelte einige

Male, und während er immer weitermarschierte, horchte er auf ein Geräusch in der Ferne.

Die dröhnende Stimme des Meeres war immer deutlicher zu vernehmen; die von einem stürmischen Wind gepeitschten Wellen brachen sich am Ufer mit ungeheuren Schluchzern, Ausdruck eines noch nie gekannten Schmerzes, und unter dem Saum der Gischt schwollen die Wellen verzweifelt wieder an; salzige Tränen rannen millionenfach die Klippen herab, und die ängstlichen Möwen kreischten jämmerlich.

Paul erreichte bald den Rand eines Felsvorsprungs. Das Donnern der Brandung und der Salzregen, den die Böen den Wellen entrissen und ihm ins Gesicht schlugen, hätten ihn warnen müssen, doch er achtete nicht darauf; er verzog den Mund zu einem sonderbaren Lächeln und setzte seinen schauerlichen Weg einfach fort, obwohl er unter einem Fuß bereits die Leere spürte.

Er fiel; eine riesige Welle erfaßte ihn, drehte ihn einige Augenblicke in ihrer Spirale und verschlang ihn.

Der Sturm entfesselte nun seine ganze Wut: Wie Krieger bei einem Sturmangriff brachen die Wogen in kurzen Abständen über den Strand herein und schleuderten ihre Gischtfontänen fünfzig Fuß hoch in die Luft; die schwarze Wolkenwand barst wie höllische Festungsmauern und ließ in ihren Rissen eine feurige Glut aufblitzen; blendende, schwefelige Blitze erhellten die endlose Weite, der Gipfel des Vesuvs färbte sich rot, und eine dunkle Rauchfahne, die der Wind niederdrückte, kräuselte sich um den Vulkankegel. Die am Strand festgemachten Boote schlugen mit bedrohlichem Krachen aneinander, das zu straff gespannte Tauwerk ächzte durchdringend, bald regnete es Bindfäden, und die Tropfen zischten wie Pfeile im Wind – als ob das Chaos über die Natur hereinbrechen und die Elemente aufs neue vermischen wollte.

Der Leichnam Paul d'Aspremonts wurde nie gefunden, wie sehr der Commodore auch nach ihm suchen ließ.

Auf Betreiben des Commodore wurde ein Sarg aus Ebenholz mit silbernen Griffen und Beschlägen, der mit Kissen in Atlasseide gepolstert und in allen Einzelheiten genau so gearbeitet war, wie Miss Clarisse Harlowe ihn dem »Herrn Tischler« mit so rührendem Liebreiz empfiehlt, an Bord einer Jacht gebracht und im Familiengrab des Cottages in Lincolnshire bestattet. Er enthielt die sterblichen Überreste Miss Alicia Wards, die bis in den Tod schön geblieben war.

Der Commodore hingegen machte eine bemerkenswerte Veränderung durch. Seine rühmliche Körperfülle ist verschwunden. Er schüttet keinen Rum mehr in seinen Tee, nimmt kaum noch etwas zu sich, redet keine zwei Worte am Tag, und zwischen seinen weißen Koteletten und dem puterroten Gesicht gibt es keinen Gegensatz mehr – der Commodore ist blaß geworden.

Anmerkungen

Seite 7 *Procida:* Insel am Golf von Neapel, neben Ischia.

Seite 8 *keepsakes:* Alben, Almanache.

Seite 11 *Palazzo Nuovo:* Gemeint ist Castell Nuovo.

Seite 12 *auburn:* kastanienbraun.

italienischer Maler: 1830 erschien im *Album Britannique* (Auswahl von Erzählungen aus britischen Alben und Jahrbüchern) die Erzählung eines unbekannten Autors namens Saint-John mit dem Titel: »Die Visionen des Malers Spinello«. Darin wird unter anderem ein Fresko beschrieben, das Spinello Aretino (um 1345 bis 1410, auch Spinello di Luca genannt) für die Kirche Santa Maria degli Angeli gemalt haben soll und von dem Fragmente in der Londoner National Gallery erhalten sind: *Der Fall des rebellischen Engels.* Vermutlich erinnerte sich Gautier an diese Passage.

Seite 14 *Facchini:* Gepäckträger, Lastenträger.

Seite 15 *Telemach:* Gautier bezieht sich auf Fénelons Roman *Die Abenteuer des Telemach, Sohn des Odysseus*, der als »Fortsetzung des vierten Buchs der Odyssee von Homer« geschrieben wurde.

Seite 17 *Hotel di Roma:* Vermutlich handelt es sich um das am Meer gelegene Hotel *Villa di Roma*, von dem Fanny Lewald im Neapel-Kapitel ihres Reiseberichts *Italienisches Bilderbuch* berichtet, das 1847 erschienen ist.

der Herkules, den man im Studj-Museum bewundern kann: Kolossalstatue des Herkules, vermutlich ein Werk des attischen Bildhauers Glykon aus dem 1. Jh. v. Chr., der eine Herakles-Statue des Lysippos (Original: 4. Jh. v. Chr.) kopierte. Sie wurde 1546 in den Caracalla-Thermen in Rom gefunden und kam 1733 als Bestandteil der Sammlung Farnese – daher auch ihr Beiname: *Herkules Farnese* – in das archäologische Nationalmuseum von Neapel, das Museo Studii oder Studj-Museum, so genannt, beispielsweise in Stendhals *Rom, Neapel und Florenz*, weil in dem Gebäude von 1777 bis 1863 auch die Akademie der Schönen Künste untergebracht war.

Seite 18 *eines Adams oder Tom Cribbs würdig:* Tom Cribb (1781 bis 1848) war von 1809 bis 1822 Meister im Faustkampf; Adam konnte bislang nicht identifiziert werden, war aber vermutlich ebenfalls Boxer.

Seite 19 *cream-lead* (in korrekter Schreibweise *cream-laid*)*:* feines geripptes, cremefarbenes Papier.

Seite 21 *Aschenputtels Kutsche:* Gautier bezieht sich auf das Märchen »Cendrillon« von Charles Perrault, nicht auf die Fassung der Grimm-Brüder.

Seite 22 *Acquajoli* [in korrekter Schreibweise *Acquaioli*]*:* Wasserverkäufer, die eisgekühltes Wasser mit Zitronensaft feilbieten.

Lazzaroni: Volk der Bettler und Tagelöhner Neapels.

Seite 23 *Corricolo:* Gespann mit einer Achse und zwei großen Rädern, das von ein oder zwei Pferden gezogen wurde und bis zu zwölf Personen transportierte.

Seite 30 *Gouachen von Lewis:* Der Maler John Frederick Lewis (1805–1876), der von 1842 bis 1850 in Ägypten lebte, widmete sich vorzugsweise orientalischen Motiven. Gautier hatte ein Faible für seine Bilder und schrieb in einem Artikel für den *Moniteur universel* (vom 21. Juni 1855) zu einem Aquarell mit dem Titel

Der Harem des Bey, man sehe darauf, »eine Frau von reinster kaukasischer Rasse: eine Zirkassierin oder Georgierin mit vollkommen ovalem Gesicht, schmaler, leicht gebogener Nase, kleinem Mund und großen, kholumrandeten Augen«.

Maclise: Auf der Pariser Weltausstellung von 1855 sah Gautier das Gemälde *Le Manoir du Baron* des englischen Malers Daniel Maclise (1806–1878). In einer Besprechung schrieb er über die darauf dargestellten Schönheiten: »Ihr entstammt zwar nicht der Wirklichkeit, aber Eure Unechtheit ist uns allemal lieber als die Faksimiles der Daguerreotypie.«

Seite 31 *im Stil Hogarths:* Der englische Grafiker und Maler William Hogarth (1694–1764) war bekannt für seine satirischen Szenen aus dem gesellschaftlichen Leben.

Seite 32 *Hoffmann oder Levassor:* Gemeint sind wahrscheinlich der französische Kritiker, Dichter und Dramatiker François-Benoît Hoffman (mit einem »n«), 1760–1828, der rund 15 komische Opern verfaßte, darunter 1807 die Oper *Les Rendez-Vous bourgeois,* die bis in die zweite Hälfte des 19. Jahrhunderts auf den Spielplänen zu finden war, und der Komiker Pierre Levassor, 1808–1870, der als Schauspieler an Varietés und am Palais-Royal auftrat.

Korporal Trimm: Anspielung auf eine Passage aus Lawrence Sternes *Leben und Ansichten Tristram Shandys,* in der Korporal Trim (mit einem »m«) seine Ansichten über die »Radikalhitze« und die »Radikalfeuchtigkeit« zum besten gibt. Dort (fünftes Buch, Kapitel XL) kommt Trim zu dem Schluß, »daß die Radikalfeuchtigkeit nichts anderes auf der Welt ist als Grabenwasser und die Radikalhitze für alle diejenigen, welche die

Auslage nicht zu scheuen brauchen, heiß gemachter Branntwein. Für den gemeinen Mann waren aber die Radikalfeuchtigkeit und die Radikalhitze (…) Grabenwasser und ein Glas Wacholderschnaps, und wenn man uns nur genug davon gibt und dazu eine Pfeife Tabak, um uns Mut zu machen und die Dämpfe zu verjagen, so wissen wir nicht, was das heißt: den Tod fürchten« (zit. n. der Übersetzung von Rudolf Kassner: Lawrence Sterne, *Das Leben und die Ansichten Tristram Shandys*, Leipzig 1964). Korporal Trim wollte also die Radikalfeuchtigkeit nicht erhalten, sondern verjagen. Quelle des Irrtums ist möglicherweise Washington Irvings Erzählung *The Bold Dragon*, die Gautier vermutlich in der französischen Übersetzung (»Le Hardi Dragon«) kannte.

Seite 37 *die Arie der Lucia:* Gemeint ist die Arie *O fonte, o dolce luogo* aus dem ersten Akt der Oper *Lucia di Lammermoor* von Gaetano Donizetti nach einem Libretto von Salvatore Cammarano. Nach der Uraufführung 1835 in Neapel kam die äußerst erfolgreiche Oper 1837 nach Paris, wo Gautier sie 1839 in einer Aufführung des Théâtre de la Renaissance sah.

»Ti voglio ben'assai«: Der Text des Volkslieds im neapolitanischen Dialekt wird dem Bruder des Librettisten Cammerano zugeschrieben, Donizetti hat es vertont, und laut Paul de Musset war es um die Mitte des neunzehnten Jahrhunderts in ganz Italien ein Gassenhauer.

Carlini: Plural von *Carlino*, lange Zeit die Währung des Königreichs Neapel. Die ersten Prägungen dieser Silbermünzen wurden in Neapel 1303 unter Karl II. von Anjou eingeführt, von dem sie auch ihren Namen haben. Im 18. Jahrhundert waren sie in Italien so verbreitet, daß der *Carlino* zum Synonym für Geld wurde.

Seite 39 *steeple-chase:* Jagdrennen zu Pferde in England.

Anna Bolena: Oper von Donizetti nach einem Libretto von Felice Romani, die 1830 in Mailand uraufgeführt wurde und 1831 nach Paris kam.

Seite 40 *Sir Edward Landseer:* Der englische Maler Sir Edwin Landseer (1802–1873) ist berühmt für seine Tiermotive. Einige seiner Gemälde hat Gautier auf der Weltausstellung von 1855 gesehen und in seinen Artikeln für den *Moniteur universel* lobend erwähnt.

Seite 43 *Grani:* Plural von *Grano* (dt. »Grän«), kleine Kupfermünze, die im 15. Jahrhundert unter König Ferdinand I. von Aragon in Neapel eingeführt wurde. Verschiedene Kleinmünzen des *Grano* blieben bis in die erste Hälfte des 19. Jahrhunderts im Verkehr, und noch heute werden vom Malteserorden 10-Grani-Stücke geprägt.

das Angelusläuten: Dreimal tägliches Glockenläuten, in der Regel um 6, 12 und 18 Uhr, zur Begleitung des Gebets »Angelus Domini«.

Casini: Plural von »Casino«; damit wurden im 18. Jahrhundert in Süditalien Landhäuser bezeichnet.

Seite 45 *Forestiero:* Französisierung des italienischen Worts *forestiero, forestiera* mit der Bedeutung Ausländer(in), Fremde(r).

Seite 47 *den Brocken ausgehärteten Lavaschlamms (...) im Landhaus des Arrius Diomedes:* Der um einen Frauenkörper erkaltete Lavabrocken ist eines der berühmtesten Ausstellungsstücke des Studj-Museums. Gautier hat diese »Siegel der Schönheit« zum Ausgangspunkt seiner Novelle *Arria Marcella* genommen.

der Herkules Farnese (...), die Flora, die antike Minerva, die beiden Balbus-Statuen und die wunderbare Statue des Aristides: Wie der *Herkules Farnese* (siehe Anmerkungen Seite 17) gehörten auch die anderen Statuen aus der Antike, größtenteils in den Thermen des Caracalla gefunden, zur Sammlung Farnese. Die Flora Farnese ist eine Statue aus dem 1. Jahrhundert n. Chr., bei der antiken Minerva handelt es sich wahrscheinlich um die *Athena Farnese,* die Kopie eines Werks des Pyrrhos, das Perikles 430 v. Chr. auf der Akropolis aufstellen ließ, die beiden *Balbus-Statuen,* die im 18. Jahrhundert in Herkulaneum gefunden wurden, verweisen auf zwei Reiterstandbilder aus der Epoche Kaiser Augustus', die den Prokonsul Balbus und seinen Sohn darstellen, und die *Statue des Aristides* ist die römische Kopie eines Werks aus dem 3. oder 4. Jahrhundert v. Chr., das nicht von Aristides, sondern von Echion stammen soll.

Seite 50 *Trovatelle:* Ital. Wort für Findelkind.

Gordigiani: Der Komponist Luigi Gordigiani (1806–1860) wurde auch »der italienische Schubert« genannt, weil er neben Opern vor allem Lieder, die *Stornelli,* komponiert hat, für die er sich vom Volksliedgut insbesondere der Toskana inspirieren ließ.

Seite 53 *Falerner und Lacrima Christi:* Der *Falerner* war in der Antike ein berühmter Wein aus dem Norden Kampaniens, ein kräftiger süßer Likörwein, den die römischen Kaiser tranken. Heute sind es trockene Tafelweine aus Kampanien. *Lacrima Christi* (»die Tränen Christi«) ist ein trockener Weißwein oder ein kräftiger, bernsteinfarbener Likörwein von den Hängen des Vesuvs oder aus der Region um Neapel.

Seite 56 *ein L'Espagnolet oder ein Salvator Rosa:* Der Barockmaler José de Ribera, genannt *Lo Spagnoletto* oder *L'Espagnolet* (der kleine Spanier), 1591 in der Nähe von Valencia geboren und 1656 in Neapel gestorben, wo er unter dem Namen Jusepe de Ribera am Hof des Vizekönigs gelebt und gearbeitet hat, sowie der Maler, Dichter und Musiker Salvator Rosa, 1615 in der Nähe von Neapel geboren und 1673 in Rom gestorben, gehören zu den bedeutendsten Künstlern des italienischen Seicento.

José de Ribera attestierte Gautier ein grausames Genie, das etwas von einem Mörder, Inquisitor oder Folterknecht habe, seine Malerei sei geprägt von einer »schrecklichen Wahrheit und kraftvollen, lebendigen Pinselführung, die keiner übertroffen hat« (in *La Presse* vom 27. August 1850). Salvator Rosa war für ihn der Maler, »der in die Kunst eingeführt hat, was wir unter ›pittoresk‹ verstehen« (in *Le Moniteur universel* vom 5. Mai 1856).

Farnesischer Stier: Römische Nachbildung einer Figurengruppe der kleinasiatischen Bildhauer Apollonios und Tauriskos von Tralleis, die sich 50 v. Chr. noch auf Rhodos befand und seither verschollen ist. Die rundplastische Marmorgruppe stellt die Bestrafung der Dirke durch die Zwillinge Amphion und Zethos dar: Die böse Gattin des Lykos von Theben hatte dessen Nichte Antiope, die Mutter der Zwillinge, gefangengehalten und gepeinigt. Diese banden sie an die Hörner eines Stiers und ließen sie von ihm zu Tode schleifen. Das 1547 in Rom in den Thermen des Caracalla entdeckte Kunstwerk ist als Bestandteil der Sammlung Farnese (daher die Bezeichnung *Farnesischer Stier*) ins Museo Nazionale nach Neapel gekommen.

Seite 57 *Cacio-cavallo:* Italienischer Käse, der so alt ist, daß selbst die Namensherkunft im dunkeln liegt. Ob er paarweise wie Satteltaschen über den Pferderücken (cavallo – Pferd) gehängt reifte, in einer Pferdeblase getrocknet oder gar aus Stutenmilch gewonnen wurde, bleibt sein Geheimnis. Der Kuh- oder Schafskäse wird als *Pasta filata* gewissermaßen fadenweise um eine Holzspindel herum geformt und erhält so seine typische Birnenform. Der Reiterkäse aus der Römerzeit ist von der Konsistenz her wie der *Provolone* ein Hartkäse vom Typ *Filata* aus Süditalien und kann nach einer Reifezeit von sechs bis zwölf Monaten wie Parmesan gerieben und über Pasta gestreut werden.

Seite 59 *das Gemälde Murillos:* Es handelt sich um das Gemälde »Das Wunder von San Diego« von Bartolomé Estéban Murillo, das nach dem Tod des Marschall Soult (1851) verkauft wurde und seit 1852 im Pariser Louvre hängt. Es zeigt zwei Adlige und einen Priester, die erstaunt eine Küche betreten, in der alle Mägde Engel sind.

Seite 61 *Asprino:* bereits unter den Etruskern bekannte Rebsorte, heute ein leichter, fruchtiger Rotwein aus Kampanien, zu dem es auch den *Asprino bianco* gibt, einen spritzigen, etwas herben Weißwein.

Seite 62 *San Gennaro:* Der Heilige Januarius ist der Schutzheilige der Stadt Neapel. Er war Bischof von Benevent und soll während der Christenverfolgung unter Kaiser Diokletian um 305 enthauptet worden sein. Die Legende sagt, eine Frau habe das Blut des Märtyrers direkt nach seinem Tod mit einer Ampulle aufgefangen. 313 wurden die Knochen des Heiligen und die Ampulle nach Neapel gebracht, im 9. Jahrhundert fanden sich die Überreste von San Gennaro und die Ampulle in einer kleinen Kapelle neben einer Kirche, an deren Stelle im 14. Jahrhundert der Dom San Gennaro errichtet wurde. Das getrocknete Blut, das seit 1389 in einer Reliquie des Doms bewahrt wird, verflüssigt sich seit 600 Jahren zweimal im Jahr auf wundersame Weise und wird dann in einer Prozession durch die Stadt geführt. Bleibt das Wunder aus, so kommt wie die Pest von 1597 oder das Erdbeben von 1980 eine Katastrophe über die Stadt.

Seite 64 *Palforio:* Vermutlich der Eigenname eines Gastwirts, den Gautier als Synonym für italienische Wirte schlechthin verwendet.

Seite 67 *Fascino:* wörtlich übersetzt: Zauber, Reiz, Charme.

aber tun Sie einfach so, als würde ich es nicht verstehen: So lautete die Antwort Monsieur Jourdains in Molières *Der Bürger als Edelmann*, 2. Akt, 4. Szene, auf die Frage des Philosophen, ob er Latein könne.

Seite 68 *ich glaube (...) wie Stendhal, an das Zweikammersystem:* Anspielung auf eine Stelle aus Stendhals *Rot und Schwarz:* »Seit Voltaire, seit dem Zweikammersystem, das im Grunde nur Mißtrauen und persönliche Gewissensprüfung ist und dem Geist des Volkes die schlechte Gewohnheit eingibt, allem zu mißtrauen, scheint die Kirche Frankreichs begriffen zu haben, daß die Bücher ihre wahren Feinde sind.« (Stendhal, *Rot und Schwarz – Chronik aus dem 19. Jahrhundert*, übers. v. Elisabeth Edl, München 2004, S. 238.)

Seite 69 *Vergil spricht im Brustton der Überzeugung davon:* Im Buch über seine Italienreise von 1835, *Le Corricolo,* zitiert Alexandre Dumas im Kapitel »Jettatura« (Kap. XVI) mehrfach Aussagen antiker Autoren zum bösen Blick, darunter auch Vergil mit den Worten: »Nescio quis teneros oculis mihi fascinat agnos« (»mit bösem Blick verhext ein Unbekannter mir die Lämmer«, Vergil, Hirtengedichte III, Vers 103).

eine in Stein gemeißelte Hand über dem Tor der Gerechtigkeit: Das Tor gehört zu einem der vier Wachtürme und bildet heute den Haupteingang in die Alhambra. Es führt auf den Myrtenhof, an dem der ehemalige Audienz- und Gerichtssaal (Mexuar) liegt, daher der Name Tor der Gerechtigkeit (Puerta de la justicia). Daß die Hand auf dem Schlußstein zur Abwehr böser Mächte diene, könnte eine christliche Umdeutung sein; im Islam verweisen die fünf Finger der Hand jedenfalls auf die Hauptgebote des Korans: Gebet, Fasten, Almosen, Pilgerfahrt nach Mekka und Glaubenskrieg.

Seite 82 *sneer:* engl. für spöttisches Lächeln.

eines Engels wie von Thomas Moore: Anspielung auf Thomas Moores Dichtung *The Love of the Angels*, London 1823 (dt. »Die Liebe der Engel«, Ausgaben Berlin, 1929, Breslau 1929, München 1834 u. Leipzig 1843).

Seite 83 *der ehrwürdige Priester Andrea de Jorio:* Der Kanoniker Andrea de Jorio (1769–1851) war Direktor des Museums von Pompeji. 1832 veröffentlichte er in Neapel eine *Mimica degli antichi investigata nel gestire napolitano* (»Gebärdensprache der Antike, untersucht anhand von Gestik und Gebärden in Neapel«, eine englische Übersetzung erschien unter dem Titel *Gesture in Naples and Gesture in Classical Antiquity*, Bloomington 2000), die bis heute als Pionierarbeit der ethnologischen Forschung gilt. Darin führt er auch die verschiedenen Möglichkeiten auf, die Jettatura mit den Händen abzuwehren. Wie Stendhal in *Rom, Neapel, Florenz* (Aufzeichnung vom 2. Juli 1817) mitteilt, war de Jorio selbst ein berühmter Jettatore, vor dem sich sogar König Ferdinand gefürchtet hatte. Angeblich soll er 1825 einen Schlaganfall erlitten haben, nachdem er de Jorio auf Drängen von Freunden eine Audienz gewährt hatte.

Seite 85 *Haydée:* Name der jungen Frau, Tochter des Piraten Lambro, in deren Gesicht Byrons Held sieht, als er nach einem Schiffbruch an einem unbekannten Ufer wieder zu sich kommt und die Augen öffnet (George Gordon Lord Byron, *Don Juan*, London 1819, Cantos 3, Strophen CXII–CXIII).

Seite 86 *Smarra:* Dämon des Alptraums Lorenzos, der Hauptfigur aus der 1821 erschienenen Erzählung *Smarra oder Die Dämonen der Nacht, Romantische Träume* von Charles Nodiers (1780–1844). *Smarra* gehört zu den ersten literarischen Werken, in denen Traumerlebnisse und Erlebnisse des Wachzustands gleichberechtigt nebeneinanderstehen, und der Autor versucht, das Hinübergleiten von einem Zustand in den anderen dichterisch zu fassen. Die Schilderung von Lorenzos Alptraum nimmt auf literarische Weise das Thema von Goyas 1803 veröffentlichten *Caprichos* auf.

Seite 89 *Signore Niccolò Valetta:* Der Anwalt und Rechtsprofessor an der Universität von Neapel Nicola Valletta (1738–1814) war Autor mehrerer Werke zum Römischen Recht und veröffentlichte 1787 in Neapel unter dem Titel *Cicalata sul fascino volgarmente detto jettatura* eine wissenschaftliche Abhandlung mit ironischem Unterton über die Jettatura, die bis ins zwanzigste Jahrhundert immer wieder Neuauflagen erlebte. Gautier kannte die Schrift vermutlich nicht selbst, sondern durch Alexandre Dumas, der Vallettas Abhandlung in seinen Reisenotizen *Corricolo* (Bd. II, Paris 1978, S. 44–46) auf mehreren Seiten zusammenfaßt und auf den auch die falsche Schreibweise des Namens zurückgeht. Stendhal erwähnt »Nicolas Volitta« und sein Werk in *Rom, Neapel, Florenz* (in der Aufzeichnung vom 2. Juli 1817).

Das Geheimwissen des Albertus Magnus: Unter diesem Titel (im franz. Original *Les secrets du Grand Albert*) kursierten im 19. Jahrhundert Sammlungen mit verschiedenen okkulten Weisheiten, esoterischen Rezepten und Geboten, die aus dem Werk des Theologen und Scholastikers Albertus Magnus (um 1200–1280) stammen oder stammen sollen.

Etteila: Etteilla [sic!] ist ein Anagramm von Jean-Baptiste Alliette (1738–1791), Autor mehrerer esoterischer Werke, darunter *Etteilla ou Manière de se récréer avec le jeu de cartes nommées tarots* (Paris 1770) und *Le Zodiaque Mysterieux ou Les Oracles d'Etteilla* (Amsterdam 1772); die Werke Etteillas erfreuen sich bis heute großer Beliebtheit in esoterischen Kreisen.

Das Traumbuch: Die *Oneirocritica* (dt. Ausgaben erschienen unter den Titeln *Traumkunst* oder *Das Traumbuch*) des Artemidorus Daldianus oder Artemidoros von Daldia (oder von Ephesus) aus dem 2. Jahrhundert n. Chr. ist ein Klassiker der Traumdeutung; eine erste französische Übersetzung von Charles Fontaine erschien 1634.

Seite 91 *Medusa, die im falben Widerschein eines Bronzeschilds ihr grauenhaftes, verzauberndes Haupt sieht:* Medusa ist eine der drei Gorgonen aus der griechischen Mythologie. Pallas Athene überraschte in ihrem Tempel Medusa und Poseidon beim Beischlaf; zur Strafe verwandelte sie Medusa in ein Ungeheuer: Sie hatte Schlangen statt Haar, eine heraushängende Zunge, gewaltige Zähne und bot einen so entsetzlichen Anblick, daß jeder, der ihr ins Gesicht sah, zu Stein erstarrte. Perseus konnte Medusa töten, indem er sein Bronzeschild zu einem Spiegel polierte, sich mit Hilfe des reflektierten Bildes an sie heranschlich und ihr den Kopf abschlug, ohne ihr direkt ins Gesicht zu sehen.

Seite 95 *Queen's Theatre:* Im Queen's Theatre, 1703 bis 1705 von dem Architekten und Dramatiker John Vanbrugh am Haymarket erbaut und ab 1714 unter dem Namen *King's Theatre* geführt, wurden von 1710 bis

1745 fast alle Opern und viele Oratorien Georg Friedrich Händels uraufgeführt. 1790 durch Feuer zerstört, wurde an gleicher Stelle ein weiteres King's Theatre errichtet; heute steht dort *Her Majesty's Theatre* von 1897, in dem vor allem Musicals aufgeführt werden.

Seite 97 *Don Limon und Donna Pangrazia:* Wie Pulcinella Figuren aus der neapolitanischen Commedia dell'arte, eigentlich Limone, Pangrazio und Donna Pangrazio. Gautiers Schreibweise der Namen deutet auf seine Quelle hin: Paul de Musset erklärt in »La Course en voiturin ...«, Bd. I, S. 197 und S. 208, Pangrazio und seine Frau, Donna Pangrazio, verkörperten »Naivität, Biederkeit und Leichtgläubigkeit«, während mit »Don Limon ... Ungläubige aus den unteren Volksschichten« bezeichnet würden.

Nicht uninteressant an dieser Stelle: Auf dem Spielplan des Teatro San Carlino stand in den 20er und 30er Jahren des 19. Jahrhunderts ein anonymes Stück mit dem Titel *Pangrazio, Anselmo, e Pulcinella avvelenati p'una curiosa combinazione*; und 1843 wurde dort das Stück *Pangrazio Biscegliese ammoinato pe' l'arrivo a Napole de lo celebre maestro Thalberg e trastuliato da li mbruoglie de no finto talberg, co Pulci* aufgeführt; Autor der Posse war ein Schriftsteller namens Pasquale Altavilla.

Seite 104 *Worte, Worte, Worte:* Zitat aus Shakespeares *Hamlet*, 2. Akt, 2. Aufzug.

Ball bei Almack's: 1764 oder 1765 von William Almack erstmals veranstalteter Ball des Londoner Adels, der bis ins späte 19. Jahrhundert während der »Saison« einmal wöchentlich stattfand und alle Londoner Snobs anlockte.

Seite 105 *eine Willi: Willis* sind die elfenhaften Rachefeen aus dem Ballett *Giselle* von Adolphe Adam (franz.

Komponist, 1803–1856), zu dem Théophile Gautier mit Jules Henri Vernoy de Saint-Georges das Libretto schrieb und das als Höhepunkt der französischen Romantik auf der Opernbühne gilt. Die Uraufführung fand am 28. Juni 1841 an der Pariser Oper statt.

Die Anregung zum Libretto erhielt Gautier bei der Lektüre von Heinrich Heines *Elementargeistern*, die in Frankreich 1835 als siebter Teil von Heines *Über Deutschland* erschienen. 1841 schrieb Gautier in einem Brief an Heine, der am 5. Juli in *La Presse* veröffentlicht wurde: »Mein lieber Heinrich Heine, vor einigen Wochen stieß ich beim Blättern in Ihrem schönen Buch *De l'Allemagne* auf eine bezaubernde Stelle (...) in der Sie von weiß gekleideten Elfen sprechen, deren Rocksäume immer feucht sind, von Nixen, deren kleine Satinfüße an der Decke des Brautgemachs erscheinen, von schneefarbenen, ungezügelt tanzenden Willis, und von all den entzückenden Erscheinungen, auf die Sie im Harz und entlang der Ilse trafen, in der vom Mondschein erhellten deutschen Nebellandschaft –, und ganz unwillkürlich rief ich aus: ›Welch wunderbares Ballett könnte man daraus machen!‹«

Laut Heine stammen die körperlosen, lockenden Nachtwesen, die er den »Luftgeistern« zuordnet, aus einer österreichischen Sage slawischen Ursprungs: »Es ist die Sage von den gespenstischen Tänzerinnen, die dort unter dem Namen ›die Willis‹ bekannt sind. Die Willis sind Bräute, die vor der Hochzeit gestorben sind. Die armen jungen Geschöpfe können nicht im Grabe ruhig liegen, in ihren toten Herzen, in ihren toten Füßen blieb noch jene Tanzlust, die sie im Leben nicht befriedigen konnten, und um Mitternacht steigen sie hervor, versammeln sich truppenweise an den Heerstraßen, und wehe dem jungen Menschen, der ihnen begegnet! Er muß mit ihnen tanzen, sie umschlingen ihn mit ungezügelter Tobsucht, und er tanzt mit ihnen, ohne Ruhe und Rast, bis er tot niederfällt.« (Heinrich Heine, *Elementargeister.*)

Seite 107 *was sich zu sagen nicht lohnt, das singt man eben:* Zitat aus dem Lustspiel *Der Barbier von Sevilla oder Die nutzlose Vorsicht,* 1. Aufzug, 2. Szene, von Pierre Augustin Caron de Beaumarchais, der Vorlage für Rossinis gleichnamige Oper.

Seite 108 *der Text von Metastasio:* Pietro Metastasio (1698–1782), italienischer Dichter und Librettist, feierte große Erfolge mit seinen Opern- und Oratorientexten, insbesondere am Wiener Hof, wo er ab 1730 lebte. Metastasio war Mitbegründer der Dichterakademie *Arcadia,* ist der bedeutendste arkadische Dichter und galt als der letzte *uomo universale* (Universalgelehrte).

nach der Art Cimarosas: Domenico Cimarosa (1749–1801), italienischer Komponist aus dem Königreich Neapel, den Stendhal verehrte.

wie die Siebenschläfer in ihrer Höhle: Alicia Ward vergleicht den Schlaf ihres Onkels mit dem der sieben Christen aus der »Siebenschläfer-Legende«: Während der Christenverfolgung unter Kaiser Decius versteckten sich im Jahr 251 sieben junge Christen aus Ephesus in einer Höhle. Durch Verrat erfuhr der Kaiser von ihrer Flucht und ließ die Höhle zumauern. Im Jahr 448 entdeckten Hirten die Höhle und rissen die Mauer ein. Davon wachten die sieben jungen Christen nach 195 Jahren wieder auf. Seither gilt diese Legende als Bestätigung für die Auferstehung Jesu. In Europa wurde die Legende im 6. Jahrhundert von Gregor von Tours verbreitet, im 13. Jahrhundert wurde sie von Jacques de Voragine in der *Legenda aurea* (einer Sammlung von 180 Heiligengeschichten) erzählt. Auch im Koran findet sich diese Legende (Sure 18, Vers 18 und

22), in jener Version begleitete ein Hund die sieben jungen Epheser. Die Höhle in der Gegend des heutigen Selçuk ist Christen wie Moslems heilig.

Seite 110 *wer lieben kann, weiß auch zu sterben:* Vers aus dem Gedicht *Le poète dans les révolutions* (»Der Dichter in der Revolution«) von Victor Hugo, das in der Gedichtsammlung *Oden und Balladen* von 1826 enthalten ist.

Seite 120 *Ostricajo:* Austernverkäufer.

Terre di Lavoro: frühere Bezeichnung der Ebene um Caserta im Norden Neapels, die an den Kirchenstaat grenzte, unter den Römern *Campania felix* genannt, heute eines der besten Weinanbaugebiete Italiens.

Seite 121 *Wie Sie sehen, Nonkel:* berühmte Verballhornung von »Onkel«; in Shakespeares *König Lear* nennt der Narr seinen König fast jedesmal »nuncle«, wenn er sich an ihn wendet.

Seite 125 *kleine Schelmin:* im Original *»petite masque«*, ein Zitat aus Molières *Der eingebildete Kranke*, 2. Akt, 8. Szene. (»Le masque« ist im Französischen normalerweise männlich; die weibliche Form bei Molière verweist auf die ironische Bedeutung.)

Seite 127 *die alte Mob:* In der Literatur finden sich die unterschiedlichsten Erklärungen: Äußerst fraglich ist die Annahme, es handele sich um eine Prostituierte; vielmehr handelt es sich um »Queen Mab«, die geisterhafte Feengestalt, die Träume ins Leben holt, aber auch als Allegorie des Todes auftritt – sie wird in Shakespeares *Romeo und Julia* (1. Akt, 4. Szene) erwähnt, taucht bei Ben Johnson und anderen Autoren des 16. und 17. Jahrhunderts auf, und 1813 stellt Percy Bysshe Shelley seinen berühmten Gedichtband unter den Titel *Queen Mab* (dt.

Feenkönigin); Gautiers Anspielung dürfte sich allerdings auf Edgar Quinets *Ahasverus* beziehen, in dem *die alte Mob* eine Personifizierung des Todes ist.

Seite 128 *Hooka:* orientalische Wasserpfeife (Nargileh).

Seite 130 *um Himmels willen!:* im Original *Tête et sang!*, eine Verkürzung des alten französischen Fluchs »tête Dieu, sang Dieu«, im modernen Französisch »par la tête de Dieu« oder »par le sang de Dieu«, Ausruf des Erschreckens, der erstmals von Voltaire, u.a. in *Candide* und in seinem Stück *Julius Cäsar*, in die Literatur eingeführt, später von Hugo in *Hernani* und von Alfred de Musset in den *Premières Poèsies* aufgenommen wurde.

Seite 139 *Coleridge, Shelley, Tennyson und Longfellow:* Samuel Taylor Coleridge (1772–1834), Percy Bysshe Shelley (1792–1822), Alfred Tennyson (1809–1892) und Henry Wadsworth Longfellow (1807–1882) gehören zu den bekanntesten Dichtern der englischen Romantik.

Seite 140 *Schiavone:* Andrea Meldolla, genannt Schiavone (um 1500–1563), Maler aus der venezianischen Schule. Auf welches Gemälde Gautier hier anspielt, ist nicht bekannt. Vielleicht hat er auch den Maler verwechselt: Tizians *Venus von Urbino* (1532) beispielsweise hält Rosenblätter in der Hand, auf Giorgio Ghisis Stich *Venus und die Rose* (1556) nach einem verloren gegangenen Gemälde von Luca Penni wird Venus von einem Rosenstrauch umschlungen.

Seite 148 *cave canem:* In der *Casa del Poeta tragico* (dem sogenannten Haus des Tragödiendichters – möglicherweise des Aninius oder M. P. Cepius), wegen seiner wunderbaren Mosaiken eines der berühmtesten Häuser Pompejis, zeigt ein schwarzweißes Fußbodenmosaik gleich hinter der Eingangstür einen großen angeketteten Hund mit der Warnung: *cave canem* (»Vorsicht vor dem Hund«).

Seite 150 *das alte Stadttor:* das im Norden gelegene Herkulaner Tor *(Porta Ercolana),* eines der sieben Stadttore Pompejis.

Seite 151 *der hoch überwölbte Saal:* das Tepidarium (Baderaum mit lauwarmem Wasser) in den Forumsthermen.

Seite 156 *der Verbrecher, den Prud'hon von den Erinnyen verfolgen ließ:* Anspielung auf das allegorische Gemälde *Justitia und Rachegöttin auf der Jagd nach dem Verbrechen* (1804–1808) des Malers Pierre-Paul Prud'hon (1758–1823), das der Louvre 1826 erwarb. Gautier schrieb zwei Artikel zu diesem Bild, den ersten für *La Presse* vom 13. Februar 1848, den zweiten für einen Ausstellungskatalog, der im Mai 1868 erschien.

Seite 157 *das Forum, das (…) mitten in den Renovierungsarbeiten steckte:* Pompeji war 62 oder 63 n. Chr. von einem schweren Erdbeben zerstört worden, und an vielen öffentlichen Gebäuden waren die Arbeiten des Wiederaufbaus noch im Gange, als am 24. August 79 der Vesuv ausbrach.

Murray: John Murray der Jüngere (1808–1892) war der Herausgeber einer berühmten Sammlung von Reiseführern, darunter 1853 auch das *Handbook for Travellers in Southern Italy* von Octavian Blewitt (der Reiseführer erschien bis 1901 fast alle zwei Jahre in überarbeiteten und um Sizilien erweiterten Auflagen).

Seite 159 *Coroner:* englischer Polizeioffizier, der mit Kriminalfällen, insbesondere mit Morden betraut ist (die Verwendung einer englischen Bezeichnung für den italienischen Polizisten zeigt die Ironie, mit der Gautier die Briten hier darstellt).

Das Herz von Midlothian: Der Roman von Walter Scott erschien im Original 1818 und 1821 erstmals in französischer Übersetzung unter dem Titel *La Prison d'Edimbourg*; 1823 folgte die erste deutsche Ausgabe mit dem umfassenden Titel *Das Herz von Mid-Lothian oder das Gefängniß zu Edinburgh.*

Seite 161 *Manzanillobaum:* Wolfsmilchgewächs aus dem tropischen Mittelamerika und von den Antillen, aus dessen extrem giftigen Säften die Ureinwohner Pfeilgift gewonnen haben.

Seite 166 *›Hubert, Hubert, meine armen Augen!‹:* In Shakespeares *König Johann* hat Hubert vom König den Auftrag erhalten, seinen Neffen, Prinz Arthur, mit einer glühenden Klinge zu blenden, doch Hubert gibt dem Flehen des jungen Mannes nach und läßt ihn entkommen (»O! save me, Hubert, save me!« – in der Schlegel-Tieck-Übersetzung »O helft mir, Hubert! Helft mir!« – 4. Akt, 1. Szene). Gautier zitiert hier nicht wortwörtlich.

Seite 169 *die hundert verschiedenen Akte der traurigen Komödie des Lebens:* Anspielung auf einen Vers La Fontaines aus der Fabel *Der Holzfäller und Merkur:* »Ein lange Komödie mit hundert verschiedenen Akten / deren Bühne die ganze Welt ist« (Fabeln, V, 1, Vers 27–28).

Seite 173 *die reizende Jungfrau von Schoorel:* der holländische Maler Jan van Scorel (oder Schoorel) (Schoorl 1495 – Utrecht 1562) wurde wegen eben dem Gemälde, auf das sich Gautier hier bezieht, der »Meister von Mariens Tod« genannt. Warum Gautier diesen Meister der Gotik statt der Renaissance zuordnete, ist nicht bekannt. Vielleicht meinte er mit Gotik den »Romanismus« der niederländischen Schule, die Tendenz also, die italienische Kunst vor Ort zu studieren und ihre Auffassungen zu übernehmen.

Seite 176 *wie ein steinerner Gast:* wahrscheinlich eine Anspielung auf Don Juan.

Seite 178 *Miss Clarisse Harlowe:* In Samuel Richardsons berühmtem Briefroman *Clarissa oder Die Geschichte eines jungen Mädchens* sorgt sich die sterbende Heldin in der Tat um ihren Sarg. In einem Artikel vom 10. August 1846 (in *La Presse*) erzählt Gautier, er habe »diesen unendlich langen Roman« mit 15 Jahren gelesen. Die vielen Einzelheiten tauchen allerdings weder im Original noch in den bis dahin erhältlichen Übersetzungen von Abbé Prévost (1751) oder Pierre Le Tourneur (1785/86) auf; sie stammen aus einem Werk des mit Gautier befreundeten Literaturkritikers und Literaten Jules Gabriel Janin, der 1846 eine Zusammenfassung von Richardsons siebenbändigem Werk mit einem Kommentar veröffentlichte: *Clarisse Harlowe / par Jules Janin, précédée d'un essai sur la vie et les ouvrages de l'auteur de Clarisse Harlowe, Samuel Richardson.*

Nachwort

Die Kunst des schönen Ausdrucks: Streifzüge durch die literarische Landschaft der Novelle *Jettatura*

Als Théophile Gautier im Jahre 1853 dem Verleger Émile de Girardin für die Tageszeitung *La Presse* eine Erzählung verspricht, die vom Phänomen der »Jettatura«, also vom »Bösen Blick« handeln soll, ist er Anfang Vierzig und hat neben Hunderten von Artikeln zu Kunst, Literatur, Theater, Oper und Ballett bereits zwei Gedichtbände, zwei Dutzend Erzählungen und ein halbes Dutzend Romane veröffentlicht. Dabei schien ihm als Schüler, der sich vor allem auf dem Gebiet der Zeichnung und der Malerei hervorgetan hatte, eigentlich der Weg des bildenden Künstlers vorherbestimmt, wenngleich er gelegentlich schon damals Gedichte verfaßt hatte. Doch zwei Ereignisse des Jahres 1830, Gautier war achtzehn Jahre alt und hatte seine Schulzeit am Pariser Lycée Charlemagne soeben beendet, sollten anders über seine Zukunft entscheiden.

Zum einen hatte ihn 1829 sein Klassenkamerad Gérard Labrunie, der später unter dem

Namen Gérard de Nerval als »verfemter Dichter« berühmt werden sollte, Victor Hugo vorgestellt. Hugo war zwei Jahre zuvor durch das Vorwort zu seinem Drama *Cromwell* zum anerkannten Wortführer der jungen neuen Literatur und Vorbild der französischen Romantiker geworden. Als er zu Beginn des Jahres 1830 ein Haus an der Place Royale (der heutigen Place des Vosges) in direkter Nachbarschaft zu dem der Familie Gautier bezog, so daß der junge Théophile von Fenster zu Fenster mit ihm plaudern konnte, war Hugo ganz mit der bevorstehenden Uraufführung seines neuen Dramas *Hernani* an der Comédie-Française beschäftigt. Die wollte gut vorbereitet sein: Es galt eine Schar von Claqueuren zu organisieren, die sich gegen das reaktionäre, an den Klassikern orientierte Publikum durchsetzen würde. Das Spektakel mündete in eine der skandalträchtigsten Schlachten der Literaturgeschichte, die »Bataille d'Hernani«, spektakulär war aber auch der Auftritt eines jungen Zuschauers, der nacheinander vierzig, meist von Tumulten begleitete Aufführungen besuchte und unter all den schwarz gekleideten Herren mit roter Weste im Theater erschien: eine Farbe, die so sehr hervorstach, daß er sich noch vierzig Jahre später über eines gewiß sein konnte: »Spricht man den Namen Théophile Gautier vor einem Spießer aus, so wird er uns wenigstens wegen der roten Weste kennen, die wir bei der ersten Aufführung von *Hernani* trugen, auch wenn er nie eine Zeile oder zwei Verse von uns gelesen hat, und zufrieden über seine herausragenden Kenntnisse wird er sagen: ›Ach ja, der junge Mann mit der roten Weste und dem langen Haar!‹ (...). Unsere Gedichte, Bücher, Artikel und Reisen wird man vergessen, aber an unsere rote Weste wird man sich immer erinnern.«*

Zum zweiten hatte Gautiers Vater 1830 an der Börse auf eine Hausse spekuliert und durch die Julirevolution das ganze Vermögen der Familie verloren. Damit war dem jungen Théophile das freie, finanziell unabhängige Künstlerleben verwehrt, das er angestrebt hatte, und im Gegensatz zu seinem Freund Gustave Flaubert und manch anderem Dichterkollegen aus dem Kreis der Romantiker mußte er mit seinem außerordentlichen Talent, ähnlich wie ein anderer Freund, Honoré de Balzac, zeit seines Lebens Geld verdienen. So wurde ausgerechnet Gautier, der noch 1835 im programmatischen Vorwort zu seinem zweiten und berühmtesten Roman, *Mademoiselle de Maupin*, die zeitgenössischen Literatur- und Kunstkri-

---

* Théophile Gautier in seiner *Geschichte der Romantik*, dem letzten Werk, das er kurz vor seinem Tod 1872 zu schreiben begann und das unvollendet blieb, zit. n. Théophile Gautier, *Œuvres*, hrsg. v. Paolo Tortonese, Paris 1995.

tiker mit einer höhnischen Kritik überzogen hatte, zu einem der einflußreichsten Kritiker, der von 1836 an zuerst für *La Presse*, dann ab 1855 für den *Moniteur universel*, dem halbamtlichen Presseorgan des Zweiten Kaiserreichs, regelmäßig, oft wöchentlich, Theater-, Kunst- und Literaturkritiken schrieb. Das genügte nicht, um den Lebensunterhalt seiner Familie zu sichern, zu der außer Frau und drei Kindern auch seine beiden unverheirateten Schwestern zählten; neben seinen literarischen Werken, die er weiterverfolgte, so gut es ging, und die vor der Veröffentlichung in Buchform meistens als Fortsetzungsgeschichte in den Zeitungen zu lesen waren, schrieb er Opernlibretti, Exposés für Ballette, Stücke fürs Vaudeville-Theater, und seine Reisen nach Spanien, Algerien, Deutschland, England, Rußland, Italien, Konstantinopel und Ägypten bezahlte er mit den Vorschüssen, die er für die gedruckten Reiseberichte erhielt.

Ein Vielschreiber also, und was für einer! »Durch seinen wunderbaren Stil, durch seine beabsichtigte und genaue, prächtige und reine Schönheit war dieses Buch ein echtes Ereignis«*,

* Charles Baudelaire in seinem Artikel »Théophile Gautier«, der am 13. März 1859 in der Zeitschrift *L'Artiste* erschien, zit. n. Baudelaire, *Œuvres Complètes*, Bibliothèque de la Pléiade, Paris 1990.

schrieb Baudelaire über *Mademoiselle de Maupin*, und dieser besondere, formvollendete Stil, den Balzac so sehr bewunderte, daß er den Autor dieses Romans unbedingt kennenlernen wollte, zeichnet das gesamte erzählerische Werk Gautiers aus bis zu seinen letzten Romanen, *Kapitän Fracasse* von 1862/63 und *Spirite* von 1865.

Schon 1837 wollte Gautier mit Balzac nach Italien reisen, aus unbekannten Gründen wird die Reise jedoch kurzfristig abgeblasen. Es sollte dreizehn Jahre dauern, bis Gautier Anfang August 1850 zu der langersehnten Reise aufbricht, freilich ohne Balzac, von dessen Tod am 18. August in Paris er ausgerechnet in Venedig erfährt, der ersten Station seiner Italienreise. Auf den Spuren Stendhals besucht er Rom, Neapel und Florenz. Sein Reisebericht *Voyage en Italie* bleibt allerdings Stückwerk, von den achtundzwanzig Kapiteln, die in *La Presse* erscheinen, sind allein zwanzig Venedig gewidmet, bei den Kapiteln über Rom und Neapel bleibt es bei der Ankündigung. Neapel spart er sich offensichtlich für die Literatur auf. Obwohl er sich nur kurz in Neapel aufhält, scheinen die Stadt und ihre Umgebung, insbesondere die Ausgrabungsstätten der Antike, Pompeji, Herculaneum und Stabia, einen nachhaltigen Eindruck hinterlassen zu haben: Zunächst siedelt er seine 1852 in der *Revue de Paris* erschienene Erzählung *Arria Marcella* dort an, dann greift er in der Novelle *Jettatura* das »neapolitanische« Thema des Bösen Blicks auf, das in der französischen Literatur seit geraumer Zeit immer wieder behandelt wurde, unter anderem von Prosper Mérimée in einigen Balladen aus seiner Sammlung *Guzla ou Choix de poésies illyriques, recueillies dans la Dalmatie, la Bosnie, la Croatie et l'Herzégovine* von 1827 sowie in der Novelle *Colomba* von 1840. Daneben kannte Gautier den historischen Roman *Le Mauvais Œuil, tradition dalmate* des Romanciers Mathurin Joseph Brisset, der 1833 erschienen war, oder Roger de Beauvoirs Burleske *Le Jettator* aus der Reihe *Le Salmigondis, contes de toutes les couleurs**, und auch einige Komödien, die in den achtzehnhundertvierziger Jahren auf den Pariser Bühnen zu sehen waren, wie etwa den Einakter *Le Jettator* von Dumanoir, Marc Michel und Gonzalès, der im Oktober 1841 am Théâtre du Palais-Royal uraufgeführt und kurz darauf in der Zeitschrift *L'Artiste* besprochen wurde.

Die wenigen Tage, die Gautier in Neapel verbrachte, haben ihm kaum all die Eindrücke und das ganze Wissen vermittelt, die er für *Jettatura*

---

* Die 1833 in Brüssel herausgekommene Sammlung von Erzählungen »exotischer« Sujets erschien 1834 in Dresden auch in deutscher Übersetzung: *Salmigondis oder novellistische bunte Reihe des Auslandes.*

genutzt hat. Seine Hauptquellen sind jedoch weniger die genannten Werke als vielmehr die umfangreiche Reiseliteratur seiner Zeit, allen voran Stendhals Reisetagebuch *Rom, Neapel und Florenz* von 1817. Stendhal berichtet darin von einem »riesigen Ochsenhorn, das ungefähr zehn Fuß hoch sein mag und wie ein Nagel aus dem Fußboden ragt« – das seltsame Geschenk, das der neapolitanische Graf Altavilla in *Jettatura* der jungen Engländerin Alicia Ward und ihrem Onkel, dem Commodore, macht, dürfte ein Echo darauf sein. Stendhal war diesem aus »drei oder vier Ochsenhörnern zusammengesetzten (...) Blitzableiter gegen die Jettatura« im Vorzimmer des neapolitanischen Anwalts Don Nardo begegnet, der ihm versicherte, er wisse zwar, wie lächerlich dieser Brauch sei, fühle sich mit den Hörnern aber sicherer. Ein Freund empfiehlt eine »wissenschaftliche« Abhandlung über die Jettatura von »Nicolas Volitta«, aus der Stendhal einige Anekdoten zum besten gibt.* Ausführlich referiert wird das Werk dann 1843 von Alexandre Dumas in seinem *Corricolo.* Diese Reisenotizen voller amüsanter Anekdoten sind Gautiers wichtigste Quelle, dazu die 1853 erschienenen Reiseaufzeichnungen *En voiturin: voyage en Italie et en Sicile* des Journalisten,

* Stendhal, *Rom, Neapel und Florenz,* Eintrag vom 2. Juli 1917, übers. v. Katharina Scheinfuss, Frankfurt/Main 1988.

Autors und Übersetzers Paul Edmé de Musset, einem Bruder des Dichters Alfred de Musset.

Eine Italienreise galt im gebildeten Europa zwischen 1750 und 1850 als unerläßlich. Kaum ein Schriftsteller oder Gelehrter in dieser Zeit, der nicht wenigstens einmal in Neapel war. Erstaunlich ist allerdings, wie sehr sich die Schilderungen von Neapel und seinen Sehenswürdigkeiten, der Bucht, dem Vesuv und der Landschaft zu seinen Füßen, bei den bildungshungrigen Reisenden des 18. und 19. Jahrhunderts gleichen, von Johann Joachim Winckelmann über Goethe bis zum preußischen Gelehrten Ferdinand Gregorovius.

»Die Nacht hatte sich über die Erde ausgebreitet, als wir den Hafen entlangfuhren, [um] unser Hotel, die am Meere gelegene Villa di Roma, zu erreichen. (…) Im Hafen (…) flammten vor zahllosen beweglichen Buden flackernde Lämpchen und brannten strahlende Gasflammen hinter dem Spiegelglase der Magazine (…). An den Kais wird wie in Genua gekocht und gebraten, aber die Buden der Viktualienhändler, der Limonadenverkäufer sind noch bunter aufgeputzt, noch heller erleuchtet als dort. Männer mit nacktem Oberkörper und weißer Leinwandhose bieten in großen, flachen Körben, die sie auf den Köpfen tragen, alle Arten von Lebensmitteln mit lautem Ausrufe feil. Von zwanzig zu zwanzig Schritten stehen kleine Tische, an denen die

Wassermelonen verkauft werden: ganze Früchte in ihrer glänzend grünen Schale, durchgeschnittene, aus denen das blutrote Fleisch mit den schwarzen Kernen hervorsieht, und kleine Stücke für das Volk, das sich in Scharen um diese Tische versammelt, sich an der saftreichen, gesunden Frucht zu erfrischen. (…) Nahe am Meere sind Reihen von Stühlen aufgeschlagen für die Austernliebhaber. Männer und Frauen sitzen dort beisammen; die Verkäufer öffnen die Austern, brechen die *frutti di mare* auf, kredenzen den Landwein, der in großen Flaschen zwischen den Haufen grüner Zitronen auf kleinen Tischen steht. Gitarrenspieler drängen sich so nahe als möglich herbei, eine Belohnung für ihr Spiel zu erhalten, und werden von den Wasserverkäufern auf die Seite geschoben, welche mit dem lauten Rufe ›Acqua gelata!‹ überall ersehnt und willkommen sind. Eiswasser mit einem Tropfen Anisett darin ist ein Labsal für das Volk, welches selbst rohes Eis als notwendige Erquickung genießt.«*

Man möchte meinen, Paul d'Aspremont, der Held aus Gautiers *Jettatura*, sei gerade im »Hotel di Roma« angekommen und schildere hier seine ersten Eindrücke von den Hafenkais, aber nein,

* Fanny Lewald, *Italienisches Bilderbuch,* Frankfurt/Main 1992.

der malerische Bericht stammt aus dem *Italienischen Bilderbuch*, das die deutsche Erfolgsautorin Fanny Lewald nach ihrer Italienreise 1847 veröffentlichte. Darin schwärmt sie auch vom Garten der Villa Composella, die »auf den Ruinen der Bäder des Cicero« gebaut ist – »Alleen von Zitronen- und Apfelsinenbäumen, Rosen und Lorbeerhecken reichen bis zum Meer hinab« –, als handele es sich um die Villa und den Garten, die der Commodore auf Wunsch seiner Nichte angemietet hat: »Wir wohnen direkt am Meer in einem weiß gekalkten Haus, das in einer Art Urwald aus Orangen- und Zitronenbäumen, Myrten, Oleander und anderen exotischen Büschen verborgen liegt«, lädt Miss Alicia ihren Verlobten Paul d'Aspremont zu sich ein.

Statt einen weiteren Reisebericht über Neapel zu liefern, hat Théophile Gautier seine Notizen also genutzt, um eine dramatische Geschichte zu erzählen, die alle Kriterien einer klassischen Novelle erfüllt, als hätte ein Goethe oder Kleist sie geschrieben – auch wenn Gautier, dem Gattungen wenig bedeuteten, sie später in Buchausgaben und Sammelbänden, vielleicht den Erfordernissen des Marktes entsprechend, als Roman bezeichnete. Das Geschehen spielt sich in wenigen Tagen an drei nahe gelegenen Orten ab: im Hotel am Hafen, in einer Villa an der Bucht von Neapel und in den Ruinen von Pompeji. *Jettatura* beginnt mit der Ankunft Paul d'Aspremonts in der Bucht von Neapel und endet eben dort, als er sich in seiner Verzweiflung ins Meer stürzt, das von einem Sturm gepeitscht wird, als wollten die griechischen Götter noch einmal auf die verhängnisvolle Macht des Schicksals und die reinigende Kraft der Tragödie verweisen.

Daß Gautier den Commodore die Katastrophe überleben und seine tote Nichte, die sterblichen Überreste der Schönheit, zur Beerdigung ins nüchtern neblige England heimführen läßt, ist ein letzter ironischer Schlenker am Ende eines Geschehens, das der Erzähler fortwährend mit einer untergründigen, leisen Ironie begleitet hat, verkörpert vor allem von der sehr aufgeklärt denkenden Miss Alicia Ward, die nicht nur ihren Onkel mit sanftem Spott überhäuft, sondern ebenso ihren Geliebten Paul d'Aspremont und dessen gräflichen Rivalen, und die auch sich selbst nicht verschont. Aber auch sie, die weiß, daß sie sterben wird, und zwar nicht am »Bösen Blick« ihres Geliebten, sondern an jener Krankheit, die man damals »Schwindsucht« nannte, kann die einmal in Gang gesetzte Maschinerie des Schicksals nicht aufhalten. Ob in den Szenen aus dem neapolitanischen Leben oder in der Figurenzeichnung, in der ganzen Novelle schwingt dieser ironische Ton mit, der sich im grandiosen Schlußkapitel, in dem ihre drei Protagonisten den Tod finden, bis ins Groteske steigert.

Bei aller Ironie nimmt Gautier sein Thema, die Jettatura, ebenso wie die Personen, die von einem Geschehen betroffen sind, das mit der Naturgewalt eines Vulkans über sie hereinbricht, vollkommen ernst.* Das Schwanken zwischen der Wahrheit des Aberglaubens und der rationalen Überzeugung, das alles sei blanker Unsinn, die Graf Altavilla, Paul d'Aspremont und den Commodore auszeichnen – und die einzige, die sich dem Aberglauben standhaft verweigert, Miss Alicia, scheint der eigene Tod Lügen zu strafen –, diese Unsicherheit war Gautier nicht fremd. So schreibt er in einem Artikel in *La Presse* vom 9. Oktober 1847 über das bereits erwähnte Vaudevillestück *Le Jettator* mit einer gewissen Selbstironie: »Nur mit einem Zittern schreiben wir dieses schreckliche Wort aus, kaum beruhigt durch eine kleine Korallenkette mit geweihten Hörnern und Abzeichen, die um unseren Hals hängt, denn wir sind schon selbst von einem Jettator der schlimmsten Sorte ver-

---

* Davon zeugt auch ein Gedicht Gautiers, »L'Aveugle« (Der Blinde), das er am 6. Juli 1856 in *L'Artiste* veröffentlicht und 1858 in die dritte Ausgabe seiner Gedichtsammlung *Émaux et Camées* aufnimmt.

folgt worden, der in Paris ebensoviel Schaden angerichtet hat wie die Cholera.«*

Viele Jahre nach Gautiers Tod bestätigte seine Tochter Judith seinen Aberglauben: »Mein Vater fürchtete allen Ernstes den ›Bösen Blick‹, den er für eine Art schädlichen Magnetismus hielt (...). Zum Glück gab es Mittel, um sich zu schützen und ihn zu brechen: Théophile Gautier trug immer einen kleinen spitzen Korallenzweig an seiner Uhrkette und streckte unwillkürlich die Finger zu einem Horn aus, wenn jemand in seiner Gegenwart bestimmte Namen erwähnte. Vor allem der Name Jacques Offenbachs war ihm unerträglich, denn er hielt den fröhlichen Komponisten für einen der gefährlichsten Jettatori. (...) Um nichts auf der Welt hätte er die Aufführung eines Werks von Offenbach besucht, für ihre Besprechungen ließ er sich immer vertreten, und seinen Platz gab er den Starken und Ungläubigen, die sich dieser Gefahr gerne aussetzen wollten.«**

Als *Jettatura* schließlich im Juni 1856 unter dem Titel *Paul d'Aspremont* in fünfzehn Feuilletons des *Moniteur universel* erscheint, hat die Ge-

---

* Zit. n. Claudine Lacoste-Veysseyre, »Notice«, in: Théophile Gautier, *Romans, contes et nouvelles,* Bd. II, hrsg. v. Jean-Claude Brunon, Bibliothèque de la Pléiade, Paris 2002.

** Judith Gautier, *Le Second Rang du collier: souvenirs littéraires,* Paris 1999, zit. n. Gautier, Œuvres op. cit.

schichte also eine lange Reifezeit hinter sich. Théophile Gautier steht auf dem Gipfel seiner literarischen Karriere, er wird Chefredakteur der Zeitschrift *L'Artiste* und gehört zu dem Zirkel von Dichtern und Intellektuellen, zu dem Charles Baudelaire und Théodore Banville, die Brüder Goncourt und Gustave Flaubert zählen. Was schätzten die großen Zeitgenossen so sehr an Gautier, was vor allem Baudelaire und Flaubert, diese Fixsterne, der eine für die moderne Lyrik, der andere für den modernen Roman, daß sie ihn zu ihrem literarischen Vorbild erkoren?

Da ist zunächst seine kompositorische Souveränität: Bei aller erzählerischen Strenge macht Gautier nie einen angestrengten Eindruck, der Aufbau oder, wie wir heute sagen würden, die Struktur seiner Erzählungen und Romane scheint sich wie von selbst aus den Themen und Stoffen zu ergeben, mit traumwandlerischer Sicherheit und Leichtigkeit führt er den Leser durch seine Geschichten, erzählt sie mit detailversessener Genauigkeit, ohne sie je mit überflüssigem Rankwerk zu verzieren. Erst in seinem letzten großen Werk, dem *Kapitän Fracasse*, gibt sich Gautier dem Vergnügen der Abschweifung und des Fabulierens hin.

Dann ist da sein Beharren auf der Autonomie der Kunst. Wenngleich er sich im programmatischen Vorwort zu seinem Roman *Mademoi-*

selle de Maupin (1836) bis zu seiner *Geschichte der Romantik*, die er im Jahr seines Todes zu schreiben beginnt, stets als ein unermüdlicher Verfechter der Romantik erweist, lehnt er jede Indienstnahme von Kunst oder Literatur strikt ab: »Ein Buch bereitet einem keine gelierte Suppe, ein Roman ist kein Paar nahtlose Stiefel, ein Sonett keine Gartenspritze mit Dauerstrahl, ein Drama ist keine Eisenbahn«.* Der Nützlichkeitsgedanke ist seines Erachtens auch in moralischer Hinsicht belanglos: Ein Roman muß nicht belehrend oder erbaulich, sittlich oder wahrhaftig sein, für Gautier sind das keine künstlerischen Kriterien, ein Roman soll nur schön sein.

Die Literatur im Dienst des Schönen ist für Gautier vor allem eine Frage der Kunstfertigkeit und des richtigen Gebrauchs der Sprache. Dazu noch einmal Baudelaire: »Wollte ich dem Werkzeug gerecht werden, das dieser Leidenschaft für das Schöne so ausgezeichnet dient, ich meine seinen Stil, müßte ich über die gleichen Fertigkeiten verfügen, über dieses sprachliche Vermögen, das keine Unzulänglichkeiten kennt, über dieses wundervolle Wörterbuch, dessen Seiten, von einem göttlichen Atemhauch umgeblättert, sich

* Théophile Gautier im Vorwort zu *Mademoiselle de Maupin,* hier zitiert in der Übersetzung von Ulrich Bossier in: Gautier, *Romane und Erzählungen,* Wiesbaden 2003.

immer genau dort öffnen, wo das treffende Wort, der einzig richtige Ausdruck hervorgeht (...).«*

Während für Baudelaire und Flaubert »le mot juste«, die Gelungenheit eines Ausdrucks, die stilistische Perfektion, das Ergebnis einer mühsamen, manchmal auch verzweifelten Suche war, fand Gautier es mit einer fast beiläufigen Leichtigkeit, als wäre es ihm einfach zugeflogen. Er machte um diese erstaunliche Fähigkeit wenig Aufhebens, aber sie war die Voraussetzung für die starke Anschaulichkeit seiner Bilder, die Plastizität seiner Schilderungen. Wenn er das Durcheinander einer Markstraße in Neapel beschreibt oder eine Zusammenkunft des Personals in einer Hotelküche wie in *Jettatura*, gelingt es ihm mit wenigen Sätzen, die Szenerie dem Leser nicht nur vor Augen zu führen, sondern ihn gleichsam in das Bild hineinzuversetzen.

Das Schöne wird bei Gautier durch die evokative, schöpferische Kraft der Sprache hervorgebracht, darin ist er wegweisend sowohl für Symbolisten und Surrealisten, die auf die Alchimie der Wörter (Rimbaud) oder das blitzartige Entstehen einer neuen Wirklichkeit durch die surreale Metapher bauten, als auch für Flaubert und eine bestimmte Art des sehr genauen Realismus, wie wir ihn aus der Kunst von Caravaggio

---

* Baudelaire, »Théophile Gautier«, op. cit.

und seinen Schülern über Delacroix bis hin zu Courbet finden.

Gautiers Zeitgenossen liebten den pittoresken, malerischen Charakter seiner Werke. »Dieser Roman, diese Erzählung, dieses Gemälde, diese Träumerei ist mit der Besessenheit eines Malers ersonnen«*, schwärmte Baudelaire, und Flaubert schrieb fünf Tage nach Gautiers Tod an George Sand: »Jetzt geht der letzte meiner *intimen* Freunde! Er schließt die Liste ab. Wen soll ich jetzt besuchen, wenn ich nach Paris komme? Mit wem über die Dinge reden, die mich interessieren? Ich kenne Denker (oder zumindest einige die man so nennt) aber *einen Künstler*, wo ist der?«**

Mehr als in seinen anderen Werken zeigt sich Gautier in *Jettatura* als farbenprächtiger Maler, und nicht nur, wenn es um den Himmel, das Licht oder das Meer geht, um die Augen Paul d'Aspremonts, den blassen Teint Alicias, das Krebsgesicht des Commodore oder die dunkle Haut der Dienerin Vicè, auch für kleine Details wie das Futteral einer Waffenkiste, das Rad einer Kutsche nutzt er die ganze Farbpalette. Die vielen Vergleiche mit Werken der Antike – seien es die Skulpturen aus der Sammlung Farnese, die

* Ebd.

** Gustave Flaubert, zit. n. Gustave Flaubert, Georges Sand, *Correspondance*, Paris 1981.

Fresken und Mosaiken aus Pompeji oder die Maler aus der Schule Caravaggios und aus der englischen Schule des neunzehnten Jahrhunderts – sind keine Bildungsbeflissenheit, sie verweisen auf ein ästhetisches Ideal, dem er mit literarischen Mitteln nacheifert.

Schließlich wäre da noch jenes Element, das laut Baudelaire in der französischen Romantik bisher weitgehend gefehlt oder sich, abgesehen von Hugos *Notre-Dame de Paris*, zumindest nur selten gezeigt habe: »das Lachen und der Sinn für das Groteske«. Und er konzediert Gautier, er sei »voller Ironie« und zeige damit, daß er sich in einer Zeit allgemeiner Verdummung nicht an der Nase herumführen lasse.* Damit rückt Baudelaire ihn in die Nähe einiger deutscher Romantiker, wie den von Gautier verehrten E.T.A. Hoffmann, Jean Paul oder den in Paris lebenden Heinrich Heine, mit dem Gautier einen freundschaftlichen Austausch pflegt und dem er mancherlei Anregungen, beispielsweise zu seinem Ballett *Giselle*, verdankt.

Es wäre zu kurz gegriffen, wollte man den Dienst am Schönen, den Gautier zur einzigen Bedingung für die Kunst erklärte, als reinen Ästhetizis-

---

* Baudelaire, »Théophile Gautier«, op. cit.

mus abtun und ihn zum Wortführer einer L'Art pour l'Art erklären, wie es die Dichtergruppe der Parnassiens um Théodore de Banville tat; ihm lag vor allem daran zu zeigen, daß die Kunst nicht nur die Wirklichkeit abbildet, sondern eine eigene Wirklichkeit besitzt, die im Falle der Literatur aus Wörtern gemacht ist, von Wörtern evoziert wird. Und: Kunst und Literatur sind gleichermaßen Quelle der Inspiration wie die soziale oder historische Wirklichkeit.

Die vielen Anspielungen und Zitate aus Literatur, Musik oder Kunstgeschichte, die *Jettatura* kennzeichnen, stellen Bezüge zu jener ästhetischen Wirklichkeit her, die der Novelle ebenso viele Motive, Bilder und Stoffe geliefert haben wie das reale Neapel, seine Geschichte und seine Bewohner. Deshalb sind dem Text Anmerkungen mitgegeben, die es dem Leser erleichtern sollen, ihn in seinem literaturhistorischen Kontext zu situieren. Diese stützen sich auf die jüngsten textkritischen Editionen und ihre Kommentare, die von Paolo Tortonese bei Robert Laffont herausgegebene Werkausgabe (*Œuvres*, Paris 1995) und die von Jean-Claude Brunon in der Bibliothèque de la Pléiade edierte, zweibändige Ausgabe aller Romane, Novellen und Erzählungen (*Romans, contes et nouvelles*, Paris 2002).

Jettatura ist einer der bekanntesten Texte Gautiers. Seit der ersten Übersetzung durch den Jugendstildichter Alastair im Rahmen der 1925 und 1926 erschienenen *Gesammelten Werke* im Avalun Verlag, Hellerau bei Dresden, ist die Novelle mehrfach wiederveröffentlicht worden, so 1985 zusammen mit Gautiers Erzählung *Avatar* in der Phantastischen Bibliothek bei Suhrkamp und zuletzt in der Sammlung *Romane und Erzählungen* im Fourierverlag, Wiesbaden 2003. Dabei wurde stets auf die alte Übersetzung von Alastair zurückgegriffen, die zweifellos ihre Verdienste hat, heutigen Ansprüchen an eine literarische Übersetzung aber kaum genügen kann.

Abgesehen von den literarischen Freiheiten, die Alastair sich herausnahm, hat er Gautier vor allem seinen sehr eigenen Stil aufgepfropft, der sich durch allerlei grammatikalische Verkürzungen (viele Komposita, Weglassen des Artikels etc.) und eine manchmal sehr kauzige Ausdrucksweise zu erkennen gibt. Insbesondere aber stört den heutigen Leser das Bemühen um eine hochgradig artifizielle, unnatürliche Sprache, die nicht dem Stil des Originals entspricht.

Bei allem Kunstwillen Gautiers, und mag seine Sprache dem französischen Leser von heute bisweilen auch altertümlich und blumig erscheinen, sein Stil war von geschliffener Eleganz und allem Kauzigen, Manieriertem, Geziertem fremd. Um einen Text wie *Jettatura* dem heutigen Leser nahezubringen, sollte erst gar nicht der Versuch gemacht werden, eine wie auch immer geartete Sprache des neunzehnten Jahrhunderts neu zu erfinden, vielmehr kann es im besten Fall nur darum gehen, ein ästhetisches Äquivalent zum Original zu bieten, indem man Gautiers Text mit einem möglichst großen Maß an sprachlicher Genauigkeit in ein modernes Deutsch überträgt.

Das bedeutet aber, seiner souveränen Erzähltechnik zu folgen und seine spezifischen Stilelemente zu berücksichtigen: den Spannungsbogen zwischen dem ironischen Grundton und der Ernsthaftigkeit der Erzählung, die evokative Sprachkraft, sein Sinn für das Malerische und die Genauigkeit des Ausdrucks, die nicht vor fremdsprachlichen Elementen aus dem Englischen und Italienischen zurückschreckt. Oder um es mit Baudelaire zu sagen: »Gautier bedeutet die ausschließliche Liebe zum Schönen in all seinen Formen, in der geeignetsten Sprache ausgedrückt.«

Holger Fock

Inhalt

Zum Autor und seinem Übersetzer

THÉOPHILE GAUTIER, geboren am 30. August 1811 in Tarbes (Département Hautes-Pyrénées), wuchs in Paris auf. Ende der 1820er Jahre trat er dem *Cénacle* genannten Kreis um Victor Hugo bei. Unter dessen Einfluß wandte sich Gautier der Schriftstellerei zu, arbeitete ab 1836 als Korrespondent für die Presse und verfaßte Artikel zu Gesellschaftsthemen und Kultur, Kunstkritiken und Reiseberichte. Er gilt als der Wegbereiter einer zweckfreien, nur ästhetischen Maßstäben verpflichteten Kunstauffassung. Théophile Gautier starb am 23. Oktober 1872 in Neuilly-sur-Seine bei Paris.

HOLGER FOCK, geboren 1958 in Ludwigsburg, studierte Theaterwissenschaft, Germanistik und Philosophie und übersetzt seit 1983 französische Literatur, u.a. Gegenwartsautoren wie Andreï Makine, Cécile Wajsbrot (beide zusammen mit Sabine Müller), Pierre Michon und Antoine Volodine. Er lebt bei Heidelberg.

Zum Buch

Paul d'Aspremont folgt seiner schönen Verlobten Alicia Ward nach Neapel, wohin sie ihrer angeschlagenen Gesundheit wegen gereist ist. Er freut sich auf das Wiedersehen, doch das geflügelte Wort *»Vedi Napoli e poi mori«* – *»Neapel sehen und dann sterben«* wird für ihn zu einer sich selbst erfüllenden Prophezeiung. Die abergläubischen Neapolitaner sagen dem jungen Franzosen den Bösen Blick nach. Muß er sich von seiner Liebe lossagen, um Alicia zu schützen?

In dieser phantastischen Novelle ergründet Théophile Gautier unsere innersten Ängste und erzählt, wie selbst im Zeitalter der Vernunft Leidenschaft über Logik zu siegen vermag.